Geocratia

BENOÎT RITTAUD

Geocratia

roman

Toucan
NOIR

ISBN : 978-2-8100-0990-9

À la mémoire de Jacques Duran, *alias* Jean Martin,
grand adversaire de la pensée unique.

« Les hommes croient volontiers en ce qu'ils désirent. »

Jules César

1. Au tribunal de la Nature

Aucun des deux n'aurait su dire depuis quand la nuit était tombée. Ils ne ressentaient ni la faim, ni la soif, ni la fatigue. Toute leur attention se focalisait sur ces deux carrés lumineux qui leur faisaient face, indirects yeux de l'énorme et invisible machine dont émanaient ronflements et sifflements.

Sur le premier écran se dessinaient de mornes formes kabbalistiques auxquelles répondaient, sur un autre écran, d'interminables chapelets de nombres, ornés de deux courbes mystérieuses qui, serpents capricieux, montaient et descendaient sans logique apparente.

Figés devant ce spectacle hypnotique, on eût pu les croire dévots d'une étrange confrérie muette, leurs yeux toujours ouverts et fixes face à l'autel informatique. L'un des deux lançait parfois une courte incantation, mais le plus souvent régnait un épais silence.

Sans trop se l'avouer, ils attendaient de recevoir un message extraordinaire. Ils tâchaient tant bien que mal de réfréner leurs espoirs qui, bien sûr, ne les exposaient que trop à être déçus. Ils s'imaginaient avoir envisagé toute la palette des possibles, du plus banal au plus fabuleux, tout en sachant d'expérience qu'ils avaient de bonnes chances d'être surpris malgré tout.

Si les dieux le voulaient, cette nuit serait celle de la révélation. L'instant où les préparatifs minutieux des dernières semaines porteraient enfin leurs fruits. L'oracle allait parler, s'exprimant sans doute dans sa langue si particulière, qui n'a finalement pas beaucoup changé depuis que l'ordinateur a remplacé la pythie. Oui, le message serait probablement flou et incertain. Oui, il conduirait à beaucoup d'interprétations dont certaines, la plupart sans doute, se révéleraient hâtives après coup. Mais qu'importe : ils allaient recevoir quelque chose.

Les couloirs du bâtiment avaient été désertés depuis plusieurs heures. Seuls les éclairages des issues de secours, cierges incertains, diffusaient encore quelques résidus lumineux dans le temple immobile.

— Là, regarde.

— *Yes, and here too.*

L'une des colonnes de données venait d'entrer en transe. Enfin. Cessant leur litanie monotone, les chiffres se mettaient à monter. L'emballement fut contagieux. Il gagna la première courbe, qui se mit à danser à un rythme frénétique, bientôt suivie par la seconde. Au comble de l'excitation, les deux paires d'yeux avides contemplèrent chaque morceau du signal dans une dévotion renouvelée, multipliant les prières. Jusqu'où tout cela irait-il ?

Presque aussitôt pourtant, l'exubérance numérique disparut aussi vite qu'elle était arrivée. Un instant plus tard, les cryptiques mouvements des chiffres et des courbes avaient cessé, rendant leur place aux signaux réguliers et sans âme. L'extase se dissipa. La scène redevint calme et silencieuse.

Voilà, l'oracle avait parlé. Si bref que fût son message, il était précieux. L'heure était à son exégèse.

— C'est en ligne avec Schwarz.

Oui, c'était clair. Les prêtres n'auraient pas besoin de beaucoup de temps pour coucher par écrit que la formation des bulles dépendait peu de la composition du milieu ionisé. Il y avait quelques différences avec les résultats de l'équipe de Schwarz, mais rien de fondamentalement nouveau.

Ce que montraient les écrans était intéressant. Même si l'oracle semblait avoir quelque peu bégayé, il y avait de quoi s'enorgueillir d'un fort beau résultat. L'expérience avait été menée dans les règles de l'art, son analyse ferait avancer la science. Les deux hommes entendaient par avance leur responsable scientifique leur lancer son traditionnel « C'est bien, ça ! », qui serait suivi de ce léger temps d'arrêt qui vaudrait ordre de se remettre au travail. Car un scientifique n'est jamais rassasié de découvertes. À peine a-t-il répondu à une question qu'aussitôt une nouvelle se présente, telle une plus haute montagne surgissant derrière celle qu'il vient de gravir.

Encore jeunes, les deux chercheurs connaissaient déjà bien les effets enivrants d'un résultat nouveau, cette drogue aux conséquences contraires simultanées. Fierté du devoir accompli, frustration de n'en avoir pas obtenu davantage.

Comme d'habitude ils venaient de faire un humble pas en avant. Ce n'était pas le Grand Soir de la Science.

— Il y a quand même des différences avec les composantes principales de Schwarz, tenta l'un.

— Le pic à la deuxième ? Oui, il faudra voir si c'est significatif.

Ils auraient pu faire le test statistique en quelques secondes, mais aucun d'eux ne voulait s'y lancer.

— Si ça l'est, Schwarz est capable de prétendre qu'on a salopé l'expérience.

À cette heure de la nuit où la messe semblait dite, la consigne était d'éteindre les machines dès le travail terminé. L'exigence venait aussi bien du service de sécurité (l'année précédente, un dysfonctionnement d'un groupe électrogène avait failli déclencher un incendie au beau milieu de la nuit) que de la présidence de l'institut qui mettait un point d'honneur à ce que le personnel se montre énergétiquement sobre.

Plus tard l'on sut que c'était précisément ce que Schwarz, arrivé au même point, avait fait de son côté : éteindre. Rien ne l'avait retenu de le faire, il avait eu toutes les raisons d'être satisfait car lui avait eu la primeur du message. Ses observations lui avaient d'emblée garanti le statut envié de pionnier de la science. Il n'avait pas eu à se débattre plusieurs minutes avec lui-même pour décider s'il venait de connaître un demi-succès ou un demi-échec.

Eux en revanche se demandaient une fois de plus si leur destin n'était que d'être des suiveurs de talent. Leur hésitation retardait l'instant du renoncement final, où ils éteindraient les machines pour passer à autre chose en attendant le retour de l'espoir.

— *OK, not too bad. So…* Nature ? Science ?

Boutade, bien sûr. Leurs résultats n'avaient aucune chance de paraître dans l'une des deux revues scientifiques les plus prestigieuses au monde. Ils ne méritaient d'être publiés que dans une très bonne revue, à cause d'une phrase banale qu'ils ne pourraient éviter et leur fermerait la porte de l'avant-garde. Cette phrase qui apposerait sur leur travail le triste sceau des résultats en ligne avec ceux qui les ont précédés : « Nos résultats confirment et étendent ceux publiés dans [Schwarz, 2025]. »

Fichue phrase.

À quel démon faut-il donc se vouer pour faire une grande découverte ? Peut-être existe-t-il quelque part une mystérieuse filière que seuls quelques scientifiques retors savent suivre et qui mène à un marché secret. Une fois là, le visiteur fait son choix dans les étals de tout ce qui reste inconnu de la science, paye un prix dont le commun des scientifiques ignore tout, après quoi la gloire académique est garantie.

À moins que, pour inscrire son nom dans la courte liste des grands penseurs, il faille se faire pistonner par le Grand Décideur des Lois Universelles ? On demande rendez-vous *via* quelque secrétariat occulte pour disposer de quelques minutes et faire fléchir le Responsable. Tout employé a le droit de demander une promotion à son employeur, n'est-ce pas ? Alors pourquoi pas un système équivalent pour monter en grade dans la hiérarchie des découvreurs ?

L'état de manque provoqua une silencieuse aigreur chez les deux hommes. En leur refusant leur dû, la Nature avait triché. Il était injuste que si peu de choses nouvelles soient apparues, alors que les conditions de l'expérience de Schwarz avaient été si profondément modifiées. Ils travaillaient dans le meilleur laboratoire, sur un sujet à la pointe de la science. Leur directeur avait tout fait pour leur éviter le chemin balisé de la facilité. Qu'est-ce que cela aurait bien pu faire à l'Univers que le résultat de ce soir fût au moins un petit peu extraordinaire ? Puisque personne n'avait jamais réalisé cette expérience, cela n'aurait violé aucune observation antérieure. La cohérence et la permanence des lois de la physique auraient été scrupuleusement respectées.

Leur insistance fit que le Juge Suprême se montra sensible à ces plaidoiries intérieures au tribunal de la Nature. Et un instant plus tard tout bascula.

2. La géométrie en action

La camionnette avait une bonne demi-heure de retard en arrivant à Troiny, mais au vu des regards tranquilles qui se tournaient vers elle tandis qu'elle faisait sa manœuvre dans le chemin boueux, cela n'avait aucune importance. Le jeune homme dynamique coupa le contact, descendit du siège conducteur et se dirigea vers les portes arrière du véhicule. Le groupe qui l'avait attendu se dirigeait mollement vers lui.

— Salut ! lui lança-t-on. Un café ?

— Volontiers, répondit l'arrivant en surveillant le ciel des yeux. Il ne va pas pleuvoir tout de suite, on a le temps pour monter.

— Richard n'est pas avec toi ?

— Il est encore au village, il viendra plus tard. Avec un peu de chance il se fera prendre en stop.

Un bol fêlé rempli d'un liquide sombre et bouillant fut déposé sur les tréteaux qui servaient de table commune entre les tentes. Un sucre plus tard, on apprenait que le nouvel arrivé s'appelait Gaël, que la yourte serait montée en moins d'une heure si on était assez nombreux, et qu'il était désolé de ne pas avoir pu apporter de chaises.

— Pas grave, dit l'un. On prendra les bancs.

Personne ne semblait pressé de se mettre au travail. Deux jeunes discutaient de la définition de la psychose, livre III du *Séminaire* de Lacan en main. Un troisième les écoutait d'une oreille distraite, tout en lavant la vaisselle de la veille dans un grand bac à la propreté douteuse. Deux hommes plus âgés roulaient des cigarettes en commentant la météo.

Finalement, une femme décidée que tout le monde appelait Mathusha secoua tout ce joli monde et le poussa vers la camionnette.

— On va la mettre là, dans la petite clairière. Ça ira ?

Le sol était suffisamment plat, mais l'herbe était mouillée. Deux costauds durent se relayer à la faux pour dégager l'espace.

Au centre du lieu désigné, Gaël planta un bâton auquel une grosse ficelle de couleur était attachée. Une petite fille eut l'immense privilège de se saisir de l'autre extrémité de la ficelle pour, compas humain, dessiner un grand cercle tout en déposant consciencieusement de la sciure tout le long de sa trajectoire.

Une fois tracée cette parfaite frontière à venir entre un dedans et un dehors, ce qui deviendrait l'entrée de la yourte fut matérialisée par un solide cadre en châtaignier, disposé sur une pièce de bois posée au sol qui en assurait le maintien vertical.

Étrange effet produit par cette porte. Invisible, l'intérieur de la yourte semblait déjà là. Le cercle et le rectangle, figures tout droit sorties du monde de l'abstraction, ouvraient l'imaginaire sur le monde clos et minuscule que l'on se préparait à bâtir.

Trois personnes apportèrent de la camionnette un grand treillis en bois. Il était composé d'un ensemble de tiges en noisetier d'environ deux mètres chacune, fixées entre elles en quinconce pour former un large quadrillage articulé. On le disposa verticalement, lui faisant épouser la forme d'un cylindre que l'on déposa sur la circonférence de sciure. Quatre personnes formèrent un carré autour de cet embryon de mur, chacune munie d'une longue tige. Juchée sur un escabeau au centre exact de la construction, Mathusha en tenait à bout de bras la clé de voûte, une structure circulaire en bois constellée de trous verticaux numérotés. Chaque homme à un sommet du carré ficha sa tige dans le trou correspondant. Les tiges 1, 9, 17 et 25 constitueraient le carré initial, celui qui ferait tenir la clé de voûte en la reliant au treillis. Quatre autres personnes se présentèrent ensuite aux points 5, 13, 21 et 29, transformant le carré en un octogone régulier. Les tiges suivantes furent placées avec moins de régularité numérique, mais lorsque toutes furent fixées, chacun s'étonna, silencieusement ou à haute voix, des merveilles de la géométrie en action. Enfin, le squelette de la yourte fut drapé d'un solide tissu blanc attaché par des nœuds.

— Je n'aime pas bricoler dans le froid, dit l'un. Je ne sens plus mes doigts, je maîtrise mal ce que je fais.

— T'as qu'à mettre des gants.

— Ça gâche tout le plaisir du bricolage, si on n'a pas de contact direct avec les objets.

— Tu devrais faire comme moi. Regarde mon pull. Quand je l'ai tricoté, j'ai prévu des manches plus longues, avec un trou pour y passer le pouce.

Joignant le geste à la parole, il montra le bout usé mais encore solide de la manche de son vêtement sombre.

— Tu l'as tricoté toi-même, ton pull ?

— Un anar, ça doit être polyvalent.

La construction terminée, l'on se pressa à l'intérieur pour admirer le résultat du travail collectif. Deux enfants ravis avaient déjà pris possession du lieu.

— D'habitude je pose d'abord un tissu noir en dessous pour les escargots, dit Gaël. Le tissu blanc laisse passer trop de lumière, ils n'aiment pas ça.

— Pour tes quoi ?

— Ici, c'est mon cirque des escargots. J'en ai eu l'idée il y a quelques années : plutôt que de montrer des tours extraordinaires qui vont toujours à toute allure, je veux faire ressentir la joie d'un spectacle lent.

Il sortit de sa camionnette un décor miniature de trapèzes de cirque.

— Quand on met des escargots là-dessus, ils s'y promènent tranquillement. Au début les gens s'étonnent et puis, une fois leur impatience vaincue, ils passent un bon moment à les regarder doucement se déplacer. C'est une manière de vivre un plaisir tranquille.

Il était facile de se rendre compte que Gaël ne faisait pas partie du groupe. Ses manières et sa façon de parler trahissaient un jeune homme qui, pour original qu'il était, ne rendrait jamais davantage que de menus services à ses amis anars.

— Il faut vraiment que ce soit fini après-demain, avertit-il. La pluie est annoncée pour bientôt, et si la yourte n'est pas repliée avant, ça va m'obliger à faire sécher le tissu. Je ne vais plus le ressortir avant le printemps.

— Tu participeras à l'atelier ? lui demanda-t-on.

— Peut-être en spectateur, dit-il. Vous allez parler de quoi ?

— De justice climatique.

Cette dernière réponse suscita quelques rapides regards entendus. Les présents les plus informés comprirent aussitôt ce qu'elle signifiait : attention, le nouveau n'était pas du premier cercle. Il ne fallait pas qu'il en sache davantage que ce qui avait été relayé sur la page Facebook.

3. Danse de courbes

Chiffres et courbes venaient d'être saisis d'une transe irrépressible. Sur l'écran de droite, les petits disques gentiment formés un peu plus tôt se faisaient soudain énormes. En un clin d'œil, ils n'évoquèrent plus des gouttes de pluie mais de larges taches.

Quel choc !

— *I just can't believe that !* dit celui qui s'exprimait parfois en anglais avec un fort accent irlandais.

— Oui, c'est dingue ! répondit l'autre.

Le phénomène se déroulait donc en deux temps ! Schwarz n'avait rien reporté de tel dans son expérience, c'est lui qui avait raté le coche !

Ils observaient quelque chose de complètement inédit. Cela ferait date dans l'histoire des sciences, c'était certain. Ils adressèrent un remerciement silencieux à la mystérieuse entité qui trônait au sommet des lois de l'univers et avait, enfin, fait preuve de bonté à leur égard.

Si le phénomène s'était moins fait attendre, les deux chercheurs auraient aussitôt sauté de joie en se congratulant. *Nature* ou *Science.* Ils auraient effectivement eu le choix, se seraient-ils dit. Mais ces interminables minutes précédentes où ils s'étaient fait une raison devant ce qui était apparu comme un succès modeste avaient engourdi leur aptitude à l'enthousiasme. Avant de se réjouir, il leur fallait renoncer à leur renoncement.

Et bien vite ils comprirent qu'il y avait aussi autre chose.

Ils n'avaient espéré être que surpris. À présent ils étaient abasourdis. Dans les replis de leur intelligence, le son étouffé d'une musique inquiétante commençait à se faire entendre. Il n'allait pas tarder à se faire assourdissant.

Qui aurait pu prévoir ? Cela faisait plusieurs années que le phénomène de formation des bulles était connu, grâce à des travaux pionniers menés dans différents laboratoires, notamment au Danemark ainsi qu'à l'accélérateur de particules du CERN de Genève. Ces découvertes avaient alors eu un certain retentissement, limité en raison de la taille modeste que les fameuses bulles atteignaient alors. Or ce soir-là, les deux hommes avaient sous les yeux la preuve définitive que, en modifiant comme il convenait les conditions de formation, des bulles plus grosses pouvaient être produites. *Énormément* plus grosses. Devant un tel changement d'échelle, la différence n'était plus de degré mais de nature.

— Ça a une gueule de sigmoïde. Fais voir un fit logistique.

— En prenant le diamètre comme variable ?

— Non, prends la surface.

— Comme tu veux. Alors le r^2… 0,997 ! Super, c'est le bon.

— Yep, on le tient. Plus qu'à détailler les paramètres et c'est plié.

En temps normal, ils auraient écrit l'équation différentielle correspondant à la forme logistique, pour cerner les paramètres physiques impliqués dans le phénomène. L'un aurait regardé la forme factorisée pour en étudier le coefficient *K*, l'autre la forme développée pour une meilleure interprétation physique. Personne d'autre qu'eux n'aurait saisi de quoi il était question, mais le ton se serait fait de plus en plus passionné. Ils auraient noirci le tableau d'équations de plus en plus compliquées, comprises d'eux seuls. Ils en auraient rapidement conclu qu'ils auraient bien le choix entre *Nature* ou *Science*.

Mais ce n'est pas ce qui se passa. Le destin n'avait pas exaucé leur souhait sans leur en faire payer le prix. Sonnés, les deux hommes se murèrent dans un silence devenu réceptacle de leur bouillonnement intérieur.

Éblouis, les deux hommes se tournèrent l'un vers l'autre pour échanger leur fascination. Figés telles des statues de cire, identiques jusque dans leurs pensées et dans leurs craintes, ils n'eurent même pas besoin de parler. Ils n'eurent jamais non plus l'occasion de se le dire, mais à cet instant tous deux songeaient à Leó Szilárd, l'homme qui, dans les années trente, découvrit grâce à des expériences dans sa baignoire la facilité terrifiante avec laquelle il allait alors être très bientôt possible de fabriquer une bombe atomique.

Les vertigineuses conclusions s'offraient à eux, inconcevables à peine quelques minutes plus tôt. L'ampleur de la révélation serait planétaire.

— *That's a game changer.*

Szilárd avait entrevu un avenir sombre, dans lequel pèserait éternellement la menace de l'apocalypse nucléaire. Cette fois les choses étaient différentes, mais…

— Il faut prévenir Serge Nalliens.

— À cette heure ?

Depuis quelques jours, le responsable scientifique du projet était retenu loin de l'institut, en raison de problèmes familiaux dont l'équipe bruissait d'autant plus fort que personne n'en savait rien de précis. Compte tenu de l'importance des expériences en cours, les deux jeunes assistants qui travaillaient sous sa direction n'en avaient pas moins reçu pour instruction de le tenir au courant en temps réel de chaque avancée nouvelle.

L'éventualité qu'une expérience décisive délivre ses résultats à 2 heures du matin n'avait pas été prévue. Personne n'aurait pu imaginer que ce satané signal d'alarme allait se déclencher de façon intempestive une fois encore en fin d'après-midi, forçant les deux assistants à tout arrêter, à sortir du bâtiment en même temps que l'ensemble du personnel, puis à tout relancer après avoir ainsi perdu plusieurs heures. C'était la troisième fausse alerte ce mois-ci, le personnel commençait à grommeler que la prochaine fois plus personne ne bougerait et que ça finirait comme dans la fable du berger qui crie au loup.

— Nalliens a toujours été très clair. Et avec ce sur quoi on vient de tomber…

Le silence en réponse valut approbation. Les deux assistants ne se l'avouèrent pas, mais la véritable raison de leur hâte à appeler Nalliens était ailleurs. Ils voulaient être rassurés. Leur responsable, se disaient-ils, ne manquerait pas de les remercier, prendrait les choses en main et leur donnerait aussitôt un autre travail qui leur ferait penser à autre chose. Désolante quelques minutes plus tôt, cette perspective était à présent le plus désirable des horizons.

Tandis qu'ils prévenaient leur directeur par téléphone, ils n'entendirent pas les mouvements feutrés qui se produisaient dans une pièce attenante. Ce qui se passa par la suite eût-il été meilleur ou pire s'ils avaient prêté l'oreille à ces bruits si proches ? Il est en tout cas certain que beaucoup de choses en eurent été changées. Quoi qu'il en soit, ignorant tout de ce qui se tramait à seulement quelques pas, les deux assistants rassemblèrent rapidement leurs affaires pour se rendre au lieu de rendez-vous fixé par Serge Nalliens, leur directeur scientifique, sur les épaules de qui allait bientôt peser une charge écrasante.

Quelques minutes plus tard, la lumière d'une paire de phares jaillit au coin du chemin plongé dans le noir qui bordait le bâtiment de l'institut de recherches. Dans le lourd silence de cette nuit froide prélude à une nouvelle ère, les deux hommes filaient à vive allure au centre-ville. Là où les attendrait leur chef. Là où le monde allait commencer à changer.

4. Les Oiseaux Bleus

La première fois que Sophie Brinier avait vu Xavier Yppeles, elle l'avait trouvé franchement insupportable. Les fois suivantes avaient hélas confirmé cette impression première, mais le destin avait choisi de lui coller ce type dans les pattes, c'était ainsi et elle avait dû se faire une raison.

Elle était certes parvenue à lui trouver des qualités. Personne n'est si imparfait que la chose soit impossible. Il est des circonstances où de gros efforts sont nécessaires, et Sophie savait que c'était le cas ici. La quarantaine passée lui avait donné la sagesse de ne pas trop en demander. Mais tout de même : les saillies d'Yppeles, sa tendance à tout savoir sur tout, son humour consistant à développer les pires clichés avec le plus grand sérieux avant, sourire en coin, de déclarer que c'était « une blague » rendirent le voyage interminable. Que ce soit avec lui qu'elle se prépare à passer deux jours dans ce coin perdu de Troiny ne recevrait jamais d'explication rationnelle.

Arrivés au bourg, Yppeles gara le véhicule dans une rue vide. En ce début d'après-midi le village était désert. Les affiches sauvages sur les panneaux de signalisation annonçaient les dates d'un cirque passé depuis longtemps. Aucune ne mentionnait l'événement qui les intéressait.

Le prochain car passerait dans vingt minutes, et en attendant ils n'auraient rien à se dire tant le voyage avait été trop bien préparé. Lorsqu'ils montèrent dans le car ils connaissaient déjà le prix du billet. La durée du trajet ne leur fut pas une surprise, et bien qu'ils n'aient jamais mis les pieds dans la région ils connaissaient déjà le nom des arrêts intermédiaires. En descendant, ils surent exactement quel chemin prendre. À l'arrivée, loin de la magie suggérée par l'utopie annoncée, le coin de campagne ne présentait pas le moindre intérêt. Aucun véhicule motorisé n'étant autorisé à entrer dans la zone (des chicanes placées à chaque point d'entrée y veillaient), c'était donc à pied ou à vélo qu'il fallait rejoindre la « Salle d'Entente », une yourte construite le matin même pour accueillir des ateliers de réflexion sur les luttes écologistes et la désobéissance citoyenne.

Les deux nouveaux arrivés s'étaient attendus à quelque chose de ressemblant à la célèbre ZAD de Notre-Dame-des-Landes, mais l'échelle n'était pas la même. Alors que la fameuse « zone à défendre » qui s'était jadis opposée avec succès à l'installation d'un aéroport international s'étendait sur plusieurs kilomètres de large, ce secteur de Troiny appelé à devenir une nouvelle ZAD n'était pour l'instant rien de plus qu'un maigre carré de terre d'une cinquantaine de mètres de côté, peuplé de tentes qui signalaient le caractère précaire de l'occupation.

Plusieurs de ceux qui logeaient là se définissaient eux-mêmes comme des « squatteurs nomades », se déplaçant au gré des mobilisations. Beaucoup étaient déjà passés par Notre-Dame-des-Landes. Leur enthousiasme à décrire les luttes auxquelles ils avaient participé était si communicatif que chacun se promettait de se rendre un jour en ce lieu mythique.

Sophie Brinier et Xavier Yppeles obtinrent sans peine le droit de s'installer à côté des autres tentes – le plus compliqué fut de trouver quelqu'un à qui demander l'autorisation, vu le contexte, une telle formalité frisait le ridicule.

Une ravissante maison pourvue d'un jardin joliment aménagé composait la borne sud de la zone et servait de base arrière. Nelly et Patty, ses habitants, formaient un couple de militants surnommés « les y » par tout un chacun.

— Il faut agir contre la société capitaliste, dit Sophie en réponse à quelqu'un qui avait engagé la conversation tandis qu'ils se dirigeaient vers la maison. Avant j'étais une mère de famille bien rangée, incapable d'imaginer qu'on pouvait inventer un autre monde.

— C'est quoi ton boulot ?

— Devant un écran toute la journée. Depuis le développement du télétravail après la crise du covid, c'est encore pire. Aucun intérêt à part le salaire, aucun avenir à part la retraite. Le patron reluque les filles, n'embauche que des Blancs, gueule sur tout le monde. Je dois suivre un traitement pour tenir le coup.

— Tes enfants, ils le vivent comment ?

— Mal. Ils sont chez leur père pour les vacances, je veux en profiter pour faire le point. J'ai peut-être l'air d'avoir largué mes gosses pour partir en vacances, mais en vrai c'est pour eux que je suis ici. Je ne veux pas que dans vingt ans ils me reprochent de n'avoir rien fait.

Aux abords de la grande maison côtoyant la ZAD naissante, de jeunes enfants s'égayaient joyeusement. Certains avaient les doigts couverts de peinture, d'autres transportaient un instrument de musique, d'autres encore jouaient à se cacher et à se trouver. Rayonnante au centre du jardin telle une fée, Nelly, qui devait être éducatrice, était une femme au visage doux et franc. Sa chevelure claire et interminable lui donnait une beauté sylvestre.

— Vous venez pour le dîner canadien ? demanda-t-elle à Xavier avec une pointe d'accent indéfinissable.

Celui-ci n'eut pas le temps de répondre que déjà un petit homme surgissait devant lui en tendant la main. Autant Nelly ressemblait à une fée, autant Patty avait tout d'un lutin. Il ne souriait pas spécialement, mais semblait déjà considérer Xavier comme un ami auquel il n'hésiterait pas une seconde à demander un coup de main pour préparer la soirée.

— Salut. T'es nouveau, devina-t-il. J'ai vu ta femme, elle m'a dit que vous allez participer à l'atelier. Bienvenue aux Oiseaux Bleus. C'est super, que vous soyez là !

— Salut. Xavier. Mais Sophie n'est pas ma femme.

— Ah, pardon.

— Il n'y a pas de mal. Je suis gay. Avec Sophie on s'est croisés dans un bar associatif, on a discuté… Je ne sais plus qui de nous deux a imaginé venir ici en rigolant entre deux tapas, mais bon : nous voilà. On a chacun notre tente, on a apporté de quoi manger, on ne demande rien de plus que de comprendre ce qui se passe ici.

Un petit flot de personnes arrivaient, apportant qui à boire, qui des légumes, qui des gâteaux artisanaux. Patty levait parfois une main amicale pour saluer de loin. Un groupe de musiciens montait une scène improvisée tandis qu'on amenait un grand frigo hissé sur des roulettes, fil électrique à la patte, sur le coin du terrain qui servirait de bar. Tables et chaises en bois de fabrication artisanale achevaient de délimiter le lieu de la fête tandis que les enfants voletaient entre les arbres. Il ferait un peu froid une fois la nuit tombée, mais la joie d'une soirée en plein air serait le plus chaud des manteaux.

Patty expliqua à Xavier que la ZAD en gestation était l'œuvre de Richard Simonin, qui dirigerait l'atelier du lendemain. Ancien de Notre-Dame-des-Landes qui n'avait pas réussi à y imposer ses idées, Richard comptait bien le faire ici avec l'aide de quelques amis.

— Lui et moi on se connaît bien, dit Patty. Alors quand il m'a parlé de son projet écolo je lui ai dit qu'on lui donnerait un coup de main. Il a du charisme, c'est un meneur d'hommes. Il a ses défauts, bien sûr. Il devient trop rigide. Ses nouveaux potes aussi.

Xavier encouragea Patty à continuer.

— Aux Oiseaux Bleus, tu vois, on fait de l'éducation alternative. On n'aime pas les écoles traditionnelles, elles conditionnent les élèves comme des robots. Nous on cherche ce qui marche, sans idée préconçue. La seule chose qui compte c'est les gamins. Du coup il nous arrive d'utiliser la pédagogie Steiner-Waldorf, alors tout de suite il y en a eu pour dire qu'on était des fachos. À cause de la réputation de Steiner. Évidemment c'est des conneries. Nous, si quelque chose marche avec les gamins, le reste on s'en fout. Regarde Rosa, la petite derrière le bouleau. Phobie scolaire. Ses parents nous l'ont amenée il y a trois mois, ils en chialaient. Eh bien dès que Nelly a commencé à s'en occuper…

Autant Patty était disposé à discuter, autant il était difficile de l'orienter vers autre chose que sa propre vie. Xavier réussit tout de même à ramener doucement la conversation vers Richard Simonin, le fondateur de la ZAD.

— Le problème ces temps-ci, c'est qu'il a tendance à jouer les importants avec ses petits secrets, dit Patty.

— Ah ? Quel genre de petits secrets ?

Xavier avait posé sa question de la manière la plus détachée possible, mais une étincelle brûlante venait de s'allumer en lui. Il se souvint des cours de théâtre qu'il avait suivis l'an passé, une formation rudement utile pour prendre l'air idiot au moment opportun.

— Richard c'est un bon meneur d'hommes mais il aime un peu trop commander. Aujourd'hui il prend une revanche sur ce qui lui est arrivé à Notre-Dame-des-Landes. Il a monté des équipes thématiques, notamment sur les questions doctrinales. Mais tout n'est pas très transparent, alors il y en a qui jasent. Tiens, c'est comme l'année dernière…

Avec un type aussi bavard que Patty, Xavier n'avait aucun mal à imaginer qu'un Simonin cultive la discrétion. Si Xavier ne remettait pas la discussion très vite sur de meilleurs rails, cette pipelette de Patty aurait tôt fait de l'assommer de vieux ragots sans intérêt dans son monologue reparti en roue libre.

— Les questions doctrinales ça fait toujours des histoires, lança Xavier. Il faut dépasser ça pour pouvoir avancer.

— Je suis bien d'accord avec toi. Mais les problèmes, ici, il n'y en a pas que sur le doctrinal…

Patty avait pris un air entendu.

— Prends Geocratia, poursuivit-il sur un ton de comploteur. C'est du lourd, quand même. Il faudrait que Richard s'ouvre sur ces sujets, t'es d'accord ?

L'étincelle intérieure se fit brasier, Xavier s'imagina qu'on devait pouvoir en voir les flammes au fond de ses yeux. *Geocratia ! Enfin une preuve de son existence !*

— Un jus de légumes ?

Surgissant de nulle part avec son plateau de petits verres de toutes les couleurs, une jeune femme au crâne presque rasé et aux multiples piercings venait de sectionner la toute première connexion directe avec Geocratia.

On eût dit un incendie éteint en un instant par des trombes d'eau. Yppeles sentit ses épaules s'affaisser sous le poids de la frustration tandis que Patty désignait par de grands gestes le petit potager d'où les légumes provenaient, avant de détailler sa méthode de jardinage avec la Lune. Yppeles tâcha de garder un sourire bien vissé sur les lèvres, puis s'éclipsa dès que possible.

— Tu as des trucs ? demanda-t-il à Sophie une fois celle-ci rejointe.

Sophie s'occupait du bar depuis tout à l'heure à la demande de Nelly. Cela s'était révélé un poste d'observation idéal. Tout le monde y passait à un moment ou à un autre pour prendre un verre et échanger quelques mots. En servant boissons et parts de gâteau, elle avait appris quantité de choses sur la genèse de Troiny, son état d'esprit, ses objectifs, ainsi que le type de personnes qui tâchaient d'en faire un lieu pour fédérer les luttes. Mais seul Xavier avait eu l'occasion d'entendre prononcer le mot « Geocratia ».

— Il se passe des choses ici, confirma-t-elle. Sous des dehors bonhommes, les gens ici sont bizarres.

Des rires accompagnaient la musique du groupe folk aux rythmes entraînants. Le fameux Richard Simonin trônait au milieu des danseurs. Grand, barbe fine aussi noire que ses cheveux, son charisme était évident. Sa compagne attitrée, une dénommée Brune, n'était pas là. Personne ne savait pourquoi.

— Cette petite bâtisse en préfabriqué m'intrigue, dit Sophie en désignant discrètement un point au loin. Elle a été installée par les promoteurs du projet immobilier qui a fait converger les zadistes ici.

C'est Nelly qui avait raconté à Sophie comment les choses s'étaient passées. Selon elle (qui n'avait sans doute pas tout à fait tort), en graissant la patte de suffisamment de politiciens véreux, les promoteurs s'étaient persuadés qu'ils pouvaient tout se permettre, y compris démarrer le chantier avant même de disposer des autorisations en bonne et due forme. Lorsque la bataille juridique avait commencé avec les opposants, ils avaient finalement dû tout arrêter. À présent, le préfabriqué tombait en ruines.

— Les zadistes en ont pris possession depuis, ajouta Sophie. Sauf que personne ne semble jamais y aller, ni savoir à quoi il sert. Surtout, un cadenas en empêche l'accès. En principe, c'est pas trop dans les mœurs de nos nouveaux amis.

— Je vais dormir un moment, dit Xavier Yppeles pour toute réponse. Après ce sera ton tour.

Sophie comprit aussitôt le message. Il faudrait être en forme pour aller fouiller l'endroit discrètement au milieu de la nuit, une fois la petite fête finie.

5. Veillée d'armes tamisée

Serge Nalliens se tenait le front en découvrant les résultats. Dans l'ambiance feutrée du *Café Phil*, seul endroit encore ouvert près de chez lui à cette heure de la nuit, il ressentait avec quelques dizaines de minutes de retard l'onde de choc subie par ses deux jeunes collaborateurs.

Il n'avait pas besoin qu'on lui explique quoi que ce soit. Les deux jeunes observaient avec inquiétude les traits de leur responsable, dont le visage se tendait comme un élastique à chaque nouvelle révélation offerte par les données.

Nalliens était l'un des plus brillants scientifiques de sa génération. Après la mort de sa femme il y a dix ans, il s'était remarié à son travail, pour le meilleur et pour le pire. Le meilleur était venu avec une capacité de travail herculéenne encore décuplée qui lui permettait de rafler plus de médailles et de distinctions qu'un général de l'armée soviétique. Il participait à distance à des séminaires dans le monde entier à toute heure de la nuit, si bien que dans son entourage professionnel chacun était convaincu depuis longtemps qu'il vivait dans un monde parallèle au sein duquel chaque journée devait durer une bonne trentaine d'heures.

Mais le pire était venu aussi. Nalliens ne parlait plus d'opéra ni de théâtre comme par le passé. Les rides qui coulaient depuis l'an passé sur son visage signalaient des soucis bien davantage que les effets de l'âge, ou même de l'insomnie chronique dont il était désormais affecté. Son physique de jeune cinquantenaire devenait de plus en plus effacé, comme pour fuir toute matérialité.

Et c'est à cet homme aussi scientifiquement brillant qu'inadapté au bruit et à la fureur du monde qu'allait échoir la responsabilité de gérer le gigantesque tremblement de terre qui attendait de secouer toutes les strates de la société.

— Ça va être compliqué à gérer, tout ça, dit-il d'une voix indéfinissable.

Pour les deux assistants, voir leur patron à ce point abattu, lui d'ordinaire si indifférent à toute agitation extérieure, était presque aussi angoissant que leur découverte elle-même. Eux qui avaient espéré des félicitations en étaient pour leurs frais. Ils se sentaient comme coupables, n'espérant désormais rien de plus que d'être déchargés au plus vite de leur fardeau.

— Nous sommes désolés de vous avoir réveillé au milieu de la nuit, monsieur. Nous savons que vous avez des soucis personnels en ce moment, et…

— Je ne dormais pas. Il faut traiter ça en urgence.

Personne d'autre que Nalliens ne pouvait saisir l'équivoque de sa réponse. Ses problèmes personnels venaient de prendre une dimension nouvelle et imprévue, qui n'allait pas lui faciliter les choses.

La serveuse s'approcha de lui avec une tasse de café serré dont il n'avait plus du tout besoin pour être complètement réveillé.

— Je vous ai entendus, avoua-t-elle. Vous êtes des scientifiques, vous venez de faire une découverte, hein ?

Seuls des rats de laboratoire pouvaient s'étonner de la candeur de la serveuse. La manière dont elle avait dit le mot « découverte » montrait toute sa naïveté devant un travail scientifique. Entre pairs, on évoque des « résultats », le mot fait plus sérieux. À la décharge de la serveuse, c'était en effet le mot « découverte » qui serait utilisé dans les médias, assorti de l'inévitable qualificatif « révolutionnaire ».

— C'est quand même dommage d'arroser ça juste avec du café ! insista-t-elle.

Elle percevait probablement une commission sur les commandes des clients. Comme il n'y avait pas grand monde, son insistance était compréhensible.

Nalliens avait ce regard prodigieusement concentré qui était le sien lorsqu'il se trouvait face à un élément scientifique important. Il était si habité par ses pensées qu'il ne voyait plus rien ni personne autour de lui. Il n'avait probablement même pas complètement entendu la serveuse.

— Nous venons de comprendre la mécanique de formation des nuages sous l'influence des rayonnements cosmiques, dit-il d'une voix d'outre-tombe qui ne s'adressait à personne en particulier. Nous tenons la clé qui nous ouvre les portes d'une compréhension globale de l'ensemble du système atmosphérique. C'est une avancée majeure.

— Et… ça va servir à quelque chose ? tenta la serveuse qui voulut croire que c'est à elle que Nalliens parlait.

— Mademoiselle, savez-vous…, commença l'assistant au fort accent irlandais.

— Maria, je m'appelle Maria, dit-elle en désignant son badge.

C'est Nalliens qui continua, d'une voix toujours douce mais sans réplique. Bien que s'étant apparemment adressé à la serveuse, son regard était toujours aussi lointain, comme hors du monde.

— Mademoiselle Maria, vous avez sans doute entendu parler du réchauffement climatique.

Ce fut un soulagement pour les deux jeunes que ces mots soient enfin prononcés. Comme un aveu qui libère. Le ton jovial de la serveuse leur semblait de plus en plus irréel.

— Le réchauffement climatique ? Une invention des politiciens et des patrons pour se rendre intéressants en faisant mine de sauver la planète, à mon avis. On ferait mieux de s'intéresser aux gens. Les Gilets jaunes, c'est ça qu'ils demandaient.

Cette voix féminine provoqua chez Nalliens une violente secousse intérieure. De terrifiantes images défilèrent en lui, toutes horriblement familières. Il maintint tant bien que mal sa posture droite et neutre tandis que le souvenir de ces scènes défilait en accéléré. Les hurlements et imprécations de sa fille, avec laquelle il ne s'était jamais disputé auparavant. Comment les choses avaient-elles donc pu dégénérer aussi vite ?

Sans qu'une seule goutte en soit visible, des rivières de larmes inondèrent Nalliens, qui demeura parfaitement immobile. Il ne regardait toujours personne, mais cette fois ses mots s'adressèrent résolument à la jeune femme :

— Si vous m'aviez tenu un tel propos il y a une heure, je vous aurais expliqué que vous vous trompiez. Je vous aurais rappelé que de nombreux scientifiques éminents, donc nos propres collègues, estiment de façon tout à fait légitime avoir démontré que le gaz carbonique que nous produisons avec nos voitures et nos activités industrielles modifie dangereusement la composition chimique de l'atmosphère et qu'il ne faut pas prendre ces menaces à la légère.

— Et… vous venez de changer d'avis ?

Devant le regard anormal de Nalliens et sa voix insaisissable, la serveuse commençait à regretter sa curiosité. Elle jeta quelques regards dans la salle, escomptant que de nouveaux clients lui donneraient un prétexte pour s'éclipser.

En Nalliens les terribles images refusaient de se faire chasser. *Ma fille me hait*, se dit-il. *Le seul être qui compte pour moi me maudit désormais, alors que cette serveuse du même âge, que je ne connais pas, me pose tranquillement ses questions.*

Il fit un nouvel effort sur lui-même pour ne pas perdre le fil.

— Oui, j'ai changé d'avis. Les résultats de ce soir montrent que l'atmosphère est un système mieux régulé que prévu. On ne peut pas bouleverser le climat comme nous le pensions. Des mécanismes correcteurs existent dans la nature pour prévenir les emballements que nous pensions inéluctables.

Les deux assistants ressemblaient à deux gosses surpris en train de chiper des bonbons. Maria, elle, aurait volontiers expliqué aux trois zozos citadins qu'il était bien évident que la nature était la plus forte, et que c'était bien mieux comme ça, parce que ça empêchait les humains d'avoir l'occasion de faire de trop grosses bêtises.

L'arrivée de deux nouveaux clients coupa son élan. Avec un dernier mot de politesse, elle se dirigea vers les nouveaux entrants pour les installer, tandis que Nalliens tournait enfin ses yeux vers elle. Une jeune femme un peu rondelette, pleine d'énergie et de certitudes juvéniles. Il ne put s'empêcher de ressentir un vilain sentiment lorsque la partie rebelle de son esprit rapprocha son visage de toutes les violentes images qui se bousculaient toujours dans sa tête.

— Bien, reprit-il brusquement à l'adresse de ses deux collaborateurs. Vous devez prendre une décision rapide, tous les deux.

Nalliens n'avait rien d'un homme d'action, la vivacité soudaine de ses propos surprit ses deux jeunes collègues.

— Les résultats de notre expérience vont être attaqués par nos collègues de toutes les disciplines scientifiques, poursuivit-il. Je n'ai rien à craindre pour moi-même, vous en revanche vous arrivez à l'âge où il est temps de postuler à un emploi permanent. Comme beaucoup d'organismes se sont structurés autour de la question climatique, il faudra du temps pour dépassionner le débat et faire reconnaître la valeur de nos résultats.

Faisant assaut de pessimisme, Nalliens pressentait que les revues scientifiques hésiteraient à faire paraître des résultats aussi contraires à l'opinion commune sur le climat. Corrections, reformulations… mille prétextes seraient invoqués pour empêcher ou retarder la publication. Le ping-pong pourrait durer des mois, alors qu'aucun des deux jeunes chercheurs ne pouvait se permettre d'attendre si longtemps. La compétition acharnée pour les trop rares postes de chercheurs permanents le leur interdisait.

— Vous savez peut-être qu'à Tokyo il y a un labo qui vient de sortir de terre pour étudier des sujets voisins de ce que nous faisons à l'institut, conclut-il. Nous pouvons parler à Sonneyer pour vous permettre d'y être recrutés. Ce n'est pas ce dont vous rêviez, mais les deux bons chercheurs encore jeunes et sans attaches familiales que vous êtes pourraient en tirer un excellent parti. Vous apprendrez beaucoup, vous publierez à tour de bras… C'est le meilleur moyen pour étoffer votre CV tout en vous évitant de vous trouver au mauvais endroit au mauvais moment.

Immanquablement, les deux jeunes songèrent à la pilule bleue de *Matrix*, celle qui permettait de fuir le réel. Cette pilule bleue ne les dépouillerait pas, ils le savaient. C'était Nalliens qui avait mis au point le protocole expérimental. C'était également lui qui avait pressenti un point aveugle dans le travail de Schwarz. Et devant les résultats de l'expérience, Nalliens avait dès le premier coup d'œil tiré toutes les conclusions auxquelles ils étaient arrivés par eux-mêmes, d'une façon déjà plus synthétique. Quoi qu'il arrive, ce serait évidemment Nalliens qui serait le premier auteur de la publication et donc crédité de l'essentiel du mérite. Eux en revanche auraient pu être remplacés sans qu'on s'en aperçoive par n'importe lesquels de ces brillants jeunes chercheurs précaires qui hantaient les labos. Leur chance n'avait guère tenu qu'au hasard des permutations de ce jeu cruel de chaises musicales que sont les contrats temporaires de recherche. Ainsi allait la science.

La pilule bleue s'accompagnait toutefois d'un air agaçant de déjà-vu. Ah, ces rendez-vous chez le grand patron pour leur expliquer que leur contrat ne serait pas renouvelé mais que d'autres contrats les attendaient ailleurs pour « étoffer leur dossier » – en réalité les stocker au loin en attendant des jours meilleurs sur le front peu encourageant des postes offerts au recrutement.

— Bien sûr, dit encore Nalliens, vous pourriez aussi choisir de rester jusqu'à la fin de votre contrat. Je n'ai pas de boule de cristal, mais une chose est certaine : pour vous, ce serait d'abord du sang et des larmes.

C'était la pilule rouge du réel. Goût de la lutte ou goût du confort ? S'ils n'avaient pas eu peur du regard de leur responsable, les deux jeunes auraient volontiers demandé conseil à Maria.

La vibration du téléphone de Nalliens tira violemment le groupe hors des maelströms intérieurs de chacun.

— Ici le poste de sécurité de l'institut, dit une voix virile. Pardon de vous réveiller à cette heure-ci monsieur le professeur, mais quelqu'un s'est introduit dans le bâtiment et a endommagé vos installations. Il y a du dégât, nous aurions besoin de vous pour les constatations. La police n'est pas encore arrivée, mais…

— Sonneyer est prévenu ?

— Oui, monsieur le professeur. Monsieur le directeur est déjà en route. Ah, et il vous demande de lui apporter les résultats de votre expérience.

— Les résultats ? Comment sait-il qu'il y a des résultats ?

— Moi vous savez, j'ai juste noté ses instructions…

— Ah, oui… Bon, je viens tout de suite, trancha Nalliens avant de raccrocher aussitôt.

Les deux jeunes avaient tout entendu.

— Venez, dit-il. Je vous emmène.

6. Dans la cabane

La danse, les alcools forts et les stupéfiants finirent de faire effet sur tout le monde vers 2 heures du matin, tandis que Sophie Brinier et Xavier Yppeles s'étaient discrètement partagé quelques heures de sommeil.

— Pour des écolos on peut dire qu'ils ne se préoccupent pas beaucoup des déchets, chuchota Yppeles en poussant du pied un papier gras. On se croirait à Notre-Dame-des-Landes.

— Regarde où tu marches, répliqua Brinier.

À la douce et angoissante lumière d'une lune décroissante, les deux visiteurs s'approchaient du petit bâtiment préfabriqué. Le gros cadenas annoncé se trouvait bien en place sur la porte pour barrer l'accès. Non, la clé n'était pas sous le paillasson.

Crocheter la serrure ? Cela prendrait du temps, et il ne serait pas possible de refermer à clé ensuite, ce qui signalerait leur intrusion. Ils firent le tour de la construction en quête d'une fenêtre, point faible potentiel. Hélas, celle qu'ils trouvèrent était protégée d'un mur de planches.

— Plus un endroit est fermé plus j'ai envie de l'ouvrir, dit Yppeles en sortant ses pinces.

Son œil expert avait repéré que les planches, bien que consciencieusement alignées, n'étaient pas parfaitement fixées ni parfaitement jointives. On pourrait sans trop de peine en retirer deux ou trois, après quoi ouvrir la fenêtre elle-même serait probablement un jeu d'enfant. Par chance, le côté où se trouvait la fenêtre était invisible du campement. Au moment de partir, ils pourraient facilement tout remettre en place.

Sans bruit, les clous de deux planches cédèrent. Yppeles jura en se tordant le bras pour ouvrir la fenêtre, dont le mécanisme d'ouverture se trouvait à la limite extrême de ses doigts. Moins d'une minute plus tard, les deux visiteurs se glissaient à l'intérieur.

Leurs lampes filtrées de rouge leur firent découvrir un capharnaüm de caisses en bois fermées, de matériel de bricolage, ainsi que d'étagères contenant divers dossiers. Deux petits bureaux et quelques chaises rappelaient aussi que, jadis, ce lieu avait été prévu pour être occupé par des employés chargés du suivi des travaux de construction de la zone.

Yppeles se mit en quête d'un pied-de-biche de fortune pour ouvrir les caisses, tandis que Brinier s'approcha d'une étagère remplie de documents qu'elle entreprit de feuilleter.

— Regarde ça, dit-elle. On dirait le plan d'une maison ou d'un appartement.

— Avec même un chemin et une croix. Une vraie carte au trésor.

Le verso était vierge. Brinier photographia le plan, puis continua son inspection. Un dossier attira son attention. Elle l'ouvrit à une page au hasard et commença à lire :

… car pour qu'une idée vraie rencontre le monde et s'y incarne, il est fondamental que les mots qu'elle utilise habillent les choses au plus près. Le théoricien doit rendre son vocabulaire performatif, de sorte que chaque énoncé de sa théorie atteigne le réel à sa racine. Les querelles de mots n'ont donc rien de byzantines, le langage est au contraire le métal dans lequel se forge la solidité d'un projet de société.

Des décennies de luttes féministes ont montré combien la domination s'exerçait dans le langage avant que de s'enraciner dans la culture et se traduire dans les faits. C'est la raison pour laquelle nous devons parler de « la Planète » et certainement pas de « notre

Planète » – car, non, la Terre ne nous appartient pas. La Terre est. Pour cette raison même, elle n'appartient à personne.

Le texte était un brouillon dactylographié qui semblait rassembler les contributions de divers auteurs. La taille et la police des caractères changeaient au fil des paragraphes. Certains passages avaient été rayés et corrigés à la main.

Une autre expression doit être proscrite, celle de « Terre-mère ». Selon ses défenseurs cette façon de dire marquerait un progrès sur l'ordre religieux patriarcal du « Dieu le Père » tout en se fondant sur une réalité tangible, la Planète, plutôt que sur un être de superstition que le mathématicien Paul Erdős avait raison d'appeler le Fasciste Suprême. Toutefois, l'expression demeure problématique car elle conduit à une vision sexuée, donc rétrograde, d'un être de genre neutre. Nous parlerons donc de la Terre, ou de la Planète, sans qualificatif de parentalité qui la genrerait abusivement.

La page suivante contenait quelques mots écrits à la main ici et là, tels que « S. T., vers. du 8 sept. ». L'impression du texte semblait récente, malgré la mauvaise qualité du papier. Il s'agissait donc probablement du 8 septembre de cette année. Sophie Brinier tenait en main une version déposée là il y a seulement quelques semaines.

Mais quel intérêt les auteurs avaient-ils à imprimer leur brouillon et à le stocker ici, plutôt que de travailler sur Internet ?

C'est la force de l'aspiration géocratique que de s'affranchir de toute représentation anthropomorphique ou de transcendance imaginaire. Seul le réel compte, c'est-à-dire le globe terrestre. Défions-nous de ces trompeuses planisphères, ces atlas contrefaits qui travestissent la forme sphérique de notre planète en un rectangle mensonger ! Seul un globe terrestre respecte les proportions entre les différentes parties du monde, et n'exagère pas la taille des pays occidentaux comme s'en rend coupable la projection de Mercator. Seul un globe terrestre nous rappelle la finitude de notre condition, et donc la nécessaire solidarité entre les espèces vivantes, ainsi que les montagnes, les rivières et plus généralement toutes les parties constitutives de notre réalité. Le globe terrestre est ainsi une réponse au spécisme qui règne sur les esprits et fait que l'être humain, dominant dominé par sa domination, refuse de voir les autres habitants de la Planète (Animaux, Végétaux et Inanimés) comme parties prenantes de la chaîne solidaire de la Vie.

Un bruit tira Brinier de sa lecture. Yppeles venait enfin de réussir à ouvrir une caisse. Celle-ci révéla des bouteilles de verre vides. Brinier garda le silence tandis qu'Yppeles remettait rapidement le couvercle en place.

— Je ne serais pas surpris qu'ils aient des armes à feu, dit-il.

Il s'approcha des autres caisses comme pour les renifler, espérant deviner celle qui contiendrait le gros lot.

— Tout ça a été déposé récemment, dit Brinier. Il doit y avoir souvent du monde, ici. Je vais vérifier que personne ne vient.

À ces mots elle se glissa hors du préfabriqué, sortit ses jumelles puis se pencha prudemment pour observer le campement plongé dans la nuit. Rien ne bougeait autour des tentes, ni autour de la maison des Oiseaux Bleus. De rares souffles de vent animaient parfois les branches des arbustes, mais les étoiles n'avaient pas dénoncé les deux espions.

Sophie Brinier s'installa dans un coin du mur pour voir sans être vue, avant de reprendre le fil de sa lecture à la lueur de la lune.

En faisant de la Planète un simple astre parmi d'autres, Copernic puis Galilée l'ont démonétisée, ouvrant la voie à ce qu'on la méprise, qu'on la maltraite, qu'on la violente. L'humanité n'a pas su faire de la découverte de sa petitesse dans l'univers une leçon d'humilité. C'est la raison pour laquelle un nouveau renversement est nécessaire : la Terre doit redevenir le Grand Centre. De la sorte, l'être humain ne pourra plus diluer ses crimes dans l'immensité de l'univers. Il n'y aura plus d'ailleurs vers où se tourner pour ne plus voir la gravité des écocides. De façon plus positive, ce nouveau renversement sera le socle de l'alliance nouvelle du vivant et des réceptacles inanimés qui structurent notre foyer éternel.

— Qu'est-ce que tu lis ? demanda Yppeles qui s'était glissé dans l'encadrement de la fenêtre.

— Leur idéologie, répondit Brinier. C'est du solide.

— Comment ça, du solide ?

— Je t'expliquerai plus tard. Tu as trouvé quelque chose ?

— Des bâtons qui peuvent servir à frapper, des cailloux dont on peut faire des projectiles… mais aucune arme à proprement parler. On va quand même finir l'inventaire. Viens, il faut qu'on soit deux pour déplacer les caisses sans tout renverser.

— Il faudra rentrer avant l'aube pour ne pas être vus, dit-elle en se glissant de nouveau par la fenêtre. On n'a plus tellement de temps.

— Ça va, dit Yppeles. Ils sont tous complètement camés et complètement bourrés.

L'Hythlodie sera l'assemblée des représentants de toutes les espèces et réceptacles inanimés. Son pouvoir servira à défendre l'ensemble des êtres, animés comme inanimés. Au sein de cette communauté morale, les besoins de l'espèce Homo sapiens *ne jouiront d'aucune priorité particulière. Ceux des hythlodes qui représenteront plus spécifiquement les humains ne seront ni les intendants ni les gestionnaires de la Planète. Ils auront au contraire un pouvoir des plus modestes, à l'image de la petite place dévolue à l'Humanité à la surface du globe.*

La réalité du pouvoir sera exercée par des représentants éclairés des espèces non-humaines et des réceptacles inanimés (montagnes, fleuves, glaciers...). Le problème évident est que leur mode de présence au monde ne leur permet pas de mener eux-mêmes un mode de désignation. (Gardons-nous de le déplorer : rien ne nous autorise à considérer que l'entièreté du monde devrait partager un mode d'existence humain.)

— Merde ! chuchota Yppeles. Quelqu'un arrive.

Des bruits de pas et de voix discrets se faisaient entendre. Il courut à la fenêtre pour refermer du mieux possible l'ouverture pratiquée plus tôt. En silence, il refixa tant bien que mal les deux planches au mur extérieur, se faisant l'effet d'un rat qui s'enfermerait lui-même dans sa cage. Brinier, elle, se vit plutôt en fantôme glissant silencieusement au-dessus du sol pour se trouver une cachette. Elle se glissa finalement derrière la plus grande armoire.

Un instant plus tard, une trompeuse immobilité régnait dans le petit espace, prête à accueillir les nouveaux visiteurs.

La petitesse du lieu et le silence de la nuit laisseraient facilement entendre le bruit d'une respiration trop forte. Yppeles comme Brinier devaient donc se détendre, apaiser les battements de leur cœur, s'installer de façon confortable pour pouvoir ne plus bouger d'un millimètre. Pour retrouver son calme, Brinier se concentra sur son dossier. La lumière presque invisible de son petit écran lui permit de reprendre la lecture des photographies qu'elle avait prises.

Le double constat de la prééminence des espèces non-humaines et de leur impossibilité de désigner directement leurs ambassadeurs implique que les hythlodes humains qui les représenteront seront désignés par des voies spécifiques. Il en ira de même pour ceux qui auront la charge de représenter les générations futures puisque, illustration supplémentaire des tares congénitales de la démocratie, il n'est pas possible à ceux qui viendront après nous d'exprimer aujourd'hui leur volonté par un vote.

Le cadenas de la porte rendit un petit cliquetis. Sophie Brinier ne put retenir une décharge d'adrénaline.

— C'est bien fermé à clé, concéda une voix d'homme à l'extérieur du bâtiment.

— Alors t'es rassuré ? ironisa l'autre voix. On peut retourner au camp ?

Les deux hommes se demandèrent s'il valait la peine d'entrer. Après tout, les vagues traces qu'ils avaient aperçues pouvaient dater de n'importe quand. De plus, une discrète observation extérieure des tentes des nouveaux participants n'avait pas révélé d'absence suspecte (preuve qu'Yppeles et Brinier avaient efficacement fait croire à leur présence en rembourrant leur sac de couchage).

Éclairé de sa lampe torche, le plus décidé des deux hommes fit le tour du propriétaire. Lorsqu'il pointa son faisceau sur les planches masquant la fenêtre, il ne remarqua rien de spécial. Il retourna à la porte.

— Allez, quand même, dit-il finalement en s'approchant du cadenas clé en main. Puisqu'on est là…

La seule manière légitime de constituer une assemblée véritablement géocratique, c'est-à-dire à la hauteur de l'urgence écologique, consiste donc en un mode de désignation supérieur au suffrage prétendument universel. Fondé sur une cooptation éclairée, le nouveau système mettra définitivement fin aux aléas dangereux qui sont l'inévitable lot des élections traditionnelles.

Les exercices de relaxation faisaient merveille. Brinier se sentait parfaitement calme et maîtresse de ses moyens. Elle n'avait pas sorti son arme, qui l'aurait plus encombrée qu'autre chose. Ce macho d'Yppeles, lui, avait sûrement sorti la sienne. En cas de grabuge, leurs compétences en close-combat seraient pourtant plus utiles et moins dangereuses.

Asseoir la désirabilité du régime demandera information, formation, voire formatage, notamment des plus jeunes, pour que tous ressentent les faiblesses systémiques de l'hypocrisie des organisations politiques spécistes-racistes-patriarcales de l'Occident.

La porte s'ouvrit, faisant entrer une faible lueur lunaire aussitôt suivie des violents rayons d'une lampe torche qui balaya sans ménagement la petite pièce.

Sur le qui-vive, les deux hommes soupesèrent le silence des lieux avant de s'avancer à l'intérieur. Les semelles sur le sol dur rendirent un son ferme.

Changé en statue de chair, Yppeles visionnait intérieurement la scène qui pourrait suivre. Au premier bruit de trop, au moindre mouvement accidentel, il bondirait hors de sa cachette en pointant son Beretta. La suite de son scénario se scindait en deux suites possibles. Dans l'une, pas de casse : les arrivants levaient les mains avant de s'enfuir, apeurés. Dans l'autre…

— Tu vois ? Personne ! C'est logique, en plus : tout est fermé de l'extérieur !

Le bruit des pas se faisait moins décidé.

— Allez, on va s'en griller une, trancha l'homme à la torche en ressortant.

Un instant plus tard, la clé tournait à nouveau. Brinier n'avait jamais été aussi ravie d'être ainsi enfermée. Elle demeura immobile jusqu'à ce que les voix se fassent suffisamment lointaines.

Pour longtemps sans doute, l'ennemi principal de la géocratie sera l'esprit démocratique.

7. La voie hiérarchique

Quand Nalliens pénétra dans la salle sombre où s'était terminée l'expérience de la nuit, la première chose qu'il vit fut la silhouette du directeur de l'institut, Arthur Sonneyer. Ce dernier cachait de moins en moins son impatience face au surveillant du bâtiment qui, penaud, lui répétait pour la troisième fois qu'il ne savait rien, qu'il n'avait rien vu ni entendu, que rien n'était de sa faute, qu'il n'y avait même pas eu effraction. On saurait bientôt si le badge d'un membre du personnel avait été utilisé.

Les plaques de verre utilisées dans l'expérience du soir avaient été détruites à coups de marteau, et les ordinateurs avaient subi le même sort. Le caractère désordonné de la destruction laissait penser que les vandales n'avaient pas une idée très précise de ce qu'ils avaient détruit. La porte, elle, était intacte. Sa fermeture étant automatique, on ne pouvait pas soupçonner les deux assistants de l'avoir laissée ouverte par négligence. Le téléphone de Nalliens permit d'établir qu'ils l'avaient appelé de 1 h 17 à 1 h 21. Nalliens pouvait attester qu'ils étaient partis le rejoindre aussitôt ensuite. Le surveillant, lui, avait noté sur son carnet qu'il avait découvert le saccage à 2 h 25. Ainsi se trouvait bornée dans le temps l'intrusion destructrice. Enfin, une fouille rapide du bâtiment par les autres gardiens avait permis de s'assurer que les intrus n'étaient plus là. Ils s'étaient sans doute échappés par la porte de secours au fond du couloir. Celle-ci ne s'ouvrait que de l'intérieur et débouchait sur un escalier de métal.

— Et la police ? tonna Sonneyer au gardien. Ils dorment toujours, j'imagine ?

— Je les ai appelés conformément à vos instructions, monsieur le directeur. Ils m'ont assuré qu'ils passeraient dans l'après-midi.

— Dans l'après-midi… Je sais qu'il n'y a pas d'urgence à inspecter des installations scientifiques bizarres qui n'intéressent personne, mais tout de même.

Il balaya l'air d'une main impuissante.

— Ah, Nalliens ! dit-il en l'apercevant. Venez, allons dans mon bureau, j'ai à vous parler. De toute façon, ici c'est vite vu : tout est bon pour la poubelle. Rassurez-vous, vos données n'ont rien à craindre. Grâce à Bob, notre administrateur système, tout ce qui est enregistré dans une salle d'expérience est aussitôt dupliqué sur notre serveur.

Apercevant du coin de l'œil les deux assistants, il eut à peine un mot pour eux.

— Rentrez chez vous, leur dit-il. Vous n'avez rien ? C'est l'essentiel.

Sans plus un regard pour personne, il s'engagea dans le couloir.

Avec ses bajoues un rien ridicules et sa bedaine un peu trop prospère, Arthur Sonneyer faisait souvent l'effet d'un bureaucrate vieillissant. Il était en réalité un homme inépuisable et à l'esprit étonnamment vif. Aucun de ceux qui se fiaient inconsidérément à son apparence débonnaire un rien fatiguée ne commettait cette erreur deux fois.

— Vous avez vos résultats ? demanda-t-il à Nalliens tout en avançant d'un pas ferme dans le dédale des couloirs de l'institut.

— Tenez, lui dit Nalliens qui lui tendit une liasse de feuilles tout en le suivant. C'est un mauvais brouillon, la fausse alerte incendie d'hier a beaucoup retardé mes assistants.

Sonneyer se saisit des documents sans même ralentir sa marche mais peu à peu saisi par ce qu'il lisait, il ralentit ses pas, puis finit par s'arrêter tout à fait. Ne sachant trop où se mettre, Nalliens expliqua :

— Ici vous avez la taille des bulles qui…

— Ne me prenez pas pour un demeuré, je sais lire une courbe.

— Désolé monsieur le directeur. Je m'inquiète pour mes deux assistants. La découverte est difficile à porter, peut-être devrions-nous prendre le temps de la réflexion et ne pas annoncer les résultats trop vite.

— Vous voulez encore qu'on fasse des courbettes à ces parasites qui sucent la moelle de la vraie science depuis des années avec leur réchauffement climatique ? Il n'en est pas question.

— Vous voulez dire…

— … que j'étais déjà sceptique sur cette histoire de climat ? déclara Sonneyer en relevant soudain le nez de la liasse de feuilles. Depuis le début ! En plus de savoir lire les courbes, j'ai une autre qualité : je connais fort bien les miracles qui se produisent dans les bilans comptables des équipes de recherche qui ont l'heureuse idée de prononcer les mots magiques de « changements climatiques » dans leurs demandes de financement.

— Vous ne m'en avez pourtant rien dit quand j'ai soumis mon projet de recherche à l'institut.

Vous deviez pourtant vous douter de ce sur quoi je pouvais mettre le doigt.

Sonneyer avait fini sa lecture, il rassembla machinalement les feuilles en un solide cornet.

— Votre erreur, Nalliens, c'est que vous me voyez comme un type ayant publié une bonne thèse il y a trente ans et ayant ensuite préféré prendre le titre ronflant d'administrateur plutôt que de se coltiner le dur labeur de la vraie science.

Les deux hommes se firent face pendant le silence qui suivit, entrecoupé d'une brève déglutition gênée de Nalliens.

— Qu'il soit bien clair que vous ne me ferez pas prendre des vessies pour des lanternes, reprit le directeur en se remettant en route. D'accord, vous avez définitivement démontré par *a* plus *b* que les conneries du GIEC[1] ne sont que de la foutaise – ce qui, je le redis, me ravit mais ne m'étonne pas.

Il s'arrêta encore, cette fois pour déposer les feuilles dans la paume ouverte de Nalliens et prendre sa voix de vieux professeur.

— Il n'empêche que vos résultats ne sont pas non plus en ligne avec la théorie de Svensmark que vous deviez confirmer. Les spectres ne collent pas sur toute la bande de fréquences.

1. Groupe d'experts Intergouvernemental sur l'Évolution du Climat.

Détournant la tête, il se remit encore une fois en marche et lança d'une voix forte qui résonna sous les hauts murs :

— En d'autres termes, vous vous êtes gouré tout autant que les réchauffistes !

Nalliens savait que les travaux de Svensmark s'articuleraient en réalité très bien avec les siens, mais visiblement le vieux Sonneyer tenait à faire savoir qu'il avait de beaux restes. Le lot désordonné de feuilles échappa à Nalliens, qui se baissa gauchement pour les ramasser et les remettre en ordre.

— Ce n'est pas Svensmark qui nous inspire, objecta-t-il tout en se relevant péniblement pour rejoindre son directeur. Svensmark pense lui aussi que le climat est fortement modulé par les nuages, mais son mécanisme se fonde sur les rayonnements cosmiques. Il n'a jamais considéré le magnétisme terrestre, alors que Vince a montré…

— Vince ? grogna Sonneyer. Personne ne lit Vince !

L'allusion était insaisissable pour un néophyte, mais Nalliens connaissait la réplique. « *Tellus* ! Personne ne lit *Tellus* ! » s'était emporté un physicien en réalisant que l'un des articles les plus révolutionnaires de la physique du XXe siècle, fondateur de ce qui deviendrait la théorie du chaos, avait été publié dans *Tellus*, une revue scientifique de troisième ordre.

Les deux hommes pénétrèrent dans le grand bureau du directeur. Sonneyer s'y installa en majesté. Cela ne lui déplaisait pas que son institut devienne bientôt « l'endroit où il a été démontré que le climat ne dépendait pas de l'homme ». Être le centre d'une tempête scientifique, médiatique et politique qui durerait des mois, voire des années, était une perspective qu'il dégustait en fin gourmet. Il savait toutefois qu'il faudrait se montrer fin manœuvrier.

— Quelqu'un est au courant à part vous et vos deux assistants ? demanda-t-il.

— Nous nous sommes vus tout à l'heure à un café, mais à part quelques mots échangés avec une serveuse…

— … qui se fiche probablement comme de son premier café crème de ce que vous avez bien pu lui raconter… Ah, avant d'oublier : du nouveau au sujet de votre fille ?

Nalliens avait bien dû s'ouvrir de ses problèmes à son directeur pour justifier ses absences répétées de ces derniers temps. Tout bourru qu'il était, Sonneyer avait su faire preuve d'une compassion que Nalliens ne lui aurait pas imaginée.

— Toujours rien, hélas. J'ignore toujours où elle est partie depuis deux semaines. Elle ne prend pas mes appels et ne répond pas aux messages. J'ai fait une déposition au commissariat, qui m'a dit n'avoir légalement le droit ni de chercher ni de me donner des informations. Ma fille étant majeure et libre de ses mouvements, ils ne bougeront que si…

La sonnerie du téléphone de Sonneyer coupa le propos en plein vol. Le poste de sécurité apportait de nouvelles informations. En les entendant, Sonneyer se raidit, ne salua pas son correspondant au moment de raccrocher, puis fixa Nalliens d'un air inquisiteur.

— Un badge a été utilisé cette nuit entre le départ de vos assistants et les dégradations de tout à l'heure, dit-il. Un seul.

— Lequel ?

— Le vôtre, Nalliens.

8. L'atelier de la post-Apocalypse

Certains avaient proposé de débuter en plein air, mais Richard Simonin avait décrété qu'il y avait trop de soleil. Tout le monde entra donc dans la yourte, qui concentrait senteurs végétales et odeurs de tissus. Il n'y avait pas assez de place sur les bancs disposés en demi-cercle, il fallut donc s'asseoir par terre ou rester debout. Se trouver dans un lieu clos et vierge de tout ameublement hormis les quelques bancs créa aussitôt une atmosphère d'intimité collective.

— Pour ceux qui ne l'ont pas encore lu, expliqua Simonin, je vous fais circuler des copies d'un article qui traite de justice climatique sous le prisme de la loi Gayssot. Comme la vérité n'est jamais bonne à dire, l'article a été refusé pour publication. Je m'y attendais. « Caricatural », a osé écrire le rapporteur. J'avais pourtant évité de citer les auteurs qui choquent d'habitude les bons bourgeois universitaires, mais rien n'y a fait : il ne suffit pas d'avoir raison pour être publié. De toute façon, si rien que la moitié d'entre vous le lit, ce sera quand même plus que pour la plupart des articles des revues institutionnelles.

Les participants étaient de conditions diverses. Une bonne proportion était composée d'étudiants, mais l'on comptait aussi plusieurs personnes de 40 ou 50 ans, ainsi que des retraités. Une belle jeune femme avait marqué son territoire en s'affichant ostensiblement auprès de Simonin. Seul Gaël, le propriétaire de la yourte, se tenait un peu à l'écart.

— On parlera de l'article demain, entama Simonin. Ça vous donnera le temps de le lire. On va commencer aujourd'hui par un exercice créatif, à la manière de ce que font les Proph'Post'Ap', qui préparent un roman à plusieurs mains.

— Les quoi ?

— Les Prophètes de la Post-Apocalypse. Une troupe d'auteurs qui analyse le monde qui suivra la catastrophe climatique qui nous attend et va réchauffer la Terre de plusieurs degrés.

Simonin transporta en paroles le petit groupe en 2080, expliquant avec force détails quelle Terre nouvelle avait résulté d'un changement abrupt de la température moyenne. Il évoqua la débâcle des glaciers partout dans le monde, insistant sur la fonte du pergélisol qui, libérant des quantités astronomiques de méthane dans l'atmosphère, avait eu un effet réchauffant considérable et immédiatement perceptible à l'échelle de la planète dès le milieu du XXIe siècle. La fonte massive des glaces du Groenland et de l'Antarctique avait provoqué une hausse brutale du niveau des océans, engloutissant des centaines de villes côtières en quelques mois. Sous l'effet des transformations trop rapides des conditions climatiques, l'effondrement de la biodiversité ne laissait désormais survivre que peu d'espèces parmi celles en contact régulier avec l'homme – il fallait protéger même les rats. Enfin, une désertification dramatique conjuguée à la chute catastrophique des rendements de millions d'exploitations agricoles incapables de s'adapter faisaient s'enchaîner les années de famine.

Pour faire bonne mesure, le désastre climatique universel s'accompagnait de diverses catastrophes adjacentes telles que l'explosion de quelques réacteurs nucléaires, l'effondrement économique de plusieurs pays « victimes du capitalisme débridé et de ses contradictions », mais aussi d'innombrables horreurs nées d'une technoscience sans conscience, parmi lesquelles l'invasion de terrifiants organismes génétiquement modifiés, végétaux aussi bien qu'animaux, rendant certaines régions du monde abominablement inhospitalières. Enfin, on ne parlait plus de covid-19 mais de covid-XXI, en référence non plus à l'année initiale de sa diffusion mais à ce siècle entier où vivait une humanité trop affaiblie pour vaincre l'épidémie.

Gaël, le propriétaire de la yourte qui rassemblait tout le monde, avait délibérément choisi de se placer en marge du groupe. Il était un artiste alternatif des arts du cirque, pas un militant de la post-Apocalypse. Bien qu'il n'eût pas l'instinct grégaire et qu'il se méfiât par principe de ce qui pourrait sortir d'un atelier tel que celui de Simonin, il observa pourtant sur lui-même combien il était facile de se prendre au jeu du récit des désastres à venir. Quelle sublime attraction que celle exercée par l'évocation des catastrophes ! Lorsque la réalité assassine les rêves de gloire ou de bonheur, d'autres rêves exaltants prennent leur place, parmi lesquels ceux qui nous font les spectateurs d'effondrements formidables, les témoins privilégiés des événements les plus importants de l'Histoire, les irremplaçables dépositaires de ce qui aura le plus compté à l'échelle de l'humanité. Voilà pourquoi, se dit Gaël, l'on compte tant d'usines à cauchemars qui écrivent les horreurs du futur dans l'idée de faire réfléchir au présent. Leurs ateliers de production savent se mettre au goût du jour, mais toutes tirent leur inspiration de l'*Apocalypse* originelle, celle de saint Jean, le vénérable inventeur du procédé.

> *Et les hommes furent brûlés par une grande chaleur, et ils blasphémèrent le nom du Dieu qui a l'autorité sur ces fléaux, et ils ne se repentirent pas pour lui donner gloire.*

— C'est ce qui vient après qui nous intéresse, expliquait Simonin tandis que chacun jubilait d'être plongé dans un monde certes dévasté mais aussi libéré de ses pesanteurs anciennes. Lorsque les espèces vivantes, humains compris, redeviennent capables de s'inventer un nouveau destin. Les choses vont mieux, l'important est désormais de s'assurer que les erreurs passées ne seront pas reproduites.

Simonin compléta le décor à l'aide d'une courte fiction qui racontait comment des héros du quotidien post-apocalyptique réinventaient la vie simple et sobre dans ses aspects les plus courants. Sur fond de guerre civile finissante entre partisans de l'ordre ancien et inventeurs du monde nouveau se posaient de charmantes questions bucoliques et sociétales : lorsque l'électricité vient à manquer, comment organiser les travaux ménagers sans que se restaure insidieusement l'ordre patriarcal de la répartition des tâches ? De quelle manière donner ou redonner toute leur dignité aux travaux manuels redevenus essentiels à la vie collective ? Où trouver des renseignements sur la meilleure façon de planter des choux ?

Les participants furent invités à se mettre par deux pour échanger sur leur parcours individuel imaginaire au sein du désastre provoqué par ces trop humains cavaliers de l'Apocalypse qu'avaient été les « multinationales », les « lobbyistes » ou encore les « banquiers ». Il fallait ensuite inventer la rencontre entre les deux éléments du binôme, la manière dont ils étaient supposés avoir eu l'occasion de devenir amis et de développer une collaboration quelconque.

Sophie Brinier réussit à se mettre en binôme avec Richard Simonin, ce qui avait été facilité par la règle selon laquelle ne devaient pas se mettre ensemble deux personnes qui se connaissaient déjà. Tous deux développèrent une visible complicité au travers de leur trajectoire commune imaginaire. L'après-Apocalypse « avait » fait d'eux un couple uni, qui partageait les joies et les peines d'une vie campagnarde qui brilla dans leurs yeux et chanta dans leurs rires.

Xavier Yppeles, lui, refit le monde futur en compagnie de son voisin de banc, un homme élancé d'une quarantaine d'années qui s'était initialement présenté au groupe comme enseignant. Ils se racontèrent de quelle manière ils « avaient » survécu. (Ah, que le conditionnel futur manque à notre langue !)

De tout le groupe, Yppeles était le moins susceptible de se prendre au jeu. Il ne fallut pourtant que quelques instants pour qu'il se forge lui aussi une trajectoire dans ce monde fantasmé, et qu'il en ressente un certain plaisir. Que même lui participât d'aussi bon cœur à l'expression du moi idéal collectif des zadistes suffisait à démontrer que l'homme est décidément un animal qui n'aime rien tant que de s'inventer des histoires.

Lorsque le groupe mit en commun les différents récits, chacun semblait croire à ce qu'il avait imaginé. Le pédalier se substituait désormais au moteur à explosion, les rencontres au coin du feu supplantaient les réseaux sociaux, les sémaphores reprenaient du service après l'extinction définitive des téléphones mobiles. Par-delà ces odes naïves aux choses anciennes, les explorateurs de la post-Apocalypse rendaient toutefois le plus bel hommage involontaire à l'humanité du début du XXIe siècle et à son appétit de voyages, d'échanges, de rencontres. Sous une forme ou sous une autre, tous les participants partageaient au fond l'objectif de recréer des moyens de communication au sein de leur dystopie.

On ressortit de l'atelier comme on sort d'un rêve. En observant Sophie Brinier et Richard Simonin se faire des sourires, Gaël se demanda si tout l'atelier n'était pas, au fond, qu'une manière gentillette de faire des rencontres. Il chassa ces pensées en se reprochant de voir le mal partout. S'il avait pu entrevoir les ramifications dissimulées derrière l'innocent décor de sa yourte, il se serait reproché l'exact contraire.

9. Pour une loi Gayssot du climat

par Richard SIMONIN.

Richard Simonin s'intéresse depuis plusieurs années à la question climatique et à son impact dans la société. Il y a consacré plusieurs textes, parus dans différentes revues. Il partage son temps entre différents lieux de lutte tels que Troiny et Notre-Dame-des-Landes, pour mettre en accord sa vie et ses idées.

Résumé. – Les politiques de sauvegarde face au dérèglement climatique peinent à se mettre en place. Parmi les responsables de cet état de fait figure le négationnisme climatique, reflet pseudoscientifique de la climatologie. L'urgence planétaire de plus en plus évidente justifie une limitation de la tolérance à son égard. L'article justifie la nécessité de légiférer dans ce domaine et formule des propositions.

Mots-clés. – Dérèglement climatique ; négationnisme ; climatoscepticisme ; limites de la tolérance ; code pénal.

I. Introduction

Depuis plus de trente ans la communauté scientifique est unanime[1] à affirmer que les émissions humaines de gaz à effet de serre altèrent tant le climat que la planète va connaître d'ici 2100 une hausse de sa température jusqu'à + 6 °C[2], ce qui aura des conséquences dramatiques sur toute la biosphère. Les menaces sont telles que certains estiment que le GIEC se montre exagérément conservateur dans ses scénarios pour éviter le soupçon d'alarmisme[3].

De même qu'on ne reviendra pas sur le fait que la Terre tourne autour du Soleil, on ne peut plus contester les connaissances climatologiques

1. J. Cook, D. Nuccitelli, S. A. Green, M. Richardson, B. Winkler, R. Painting, R. Way, P. Jacobs et A. Skuce, « Quantifying the Consensus on Anthropogenic Global Warming in the Scientific Literature », *Environmental Research Letters*, vol. 8, 2013, 024024.
2. GIEC, *AR5 Synthesis Report*, Genève, Suisse.
3. W. Freudenburg et V. Muselli, « Global Warming Estimates, Media Expectations, and the Asymmetry of Scientific Challenge », *Global Environmental Change*, vol. 20, n° 3, 2010, p. 483-491.

qui déterminent l'avenir du climat et ses bouleversements actuels et futurs. Pourtant, alors que notre société volontiers scientiste devrait pousser à des mesures drastiques, ce sont reculades et hésitations qui sont le lot des négociations climatiques à l'échelle internationale. L'intérêt du public, parfois éveillé par quelque catastrophe naturelle ou tel appel de personnalités, ne s'assoupit que trop facilement[4].

L'une des causes de ce déni collectif est la persistance d'un courant dit « climatosceptique », qui conteste la science établie et dont la visibilité dans les grands médias n'a d'égale que l'absence dans les revues scientifiques[5]. L'insignifiance de ce courant au sein de la climatologie est patente, mais l'image du savant luttant seul contre les conservatismes académiques fait partie de ces lieux communs sur la science : un scientifique aurait raison non pas *malgré* son isolement, mais *en raison* de celui-ci. Claude Allègre en avait admirablement joué[6] en

4. S. Masters, « Green Fatigue Sets in : the World Cools on Global Warming », *The Independent*, 28 février 2013.
5. O. Godard, « Le climato-scepticisme médiatique en France : un sophisme moderne », *Écologie & Politique*, n° 45, 2012, p. 47-69.
6. V. Schneider, « Claude Allègre et le climat : retour sur un flagrant déni », *M le Magazine du Monde*, 21 décembre 2018.

contestant l'origine de la fonte des neiges éternelles du Kilimandjaro[7]. Face à la meute, l'ancien ministre n'incarnait-il pas tout à la fois Galilée, Darwin et Giordano Bruno ? En l'absence des connaissances techniques nécessaires à l'exercice de l'esprit critique, l'analogie tient lieu de raisonnement. Un discours n'est pas jugé sur sa valeur mais sur sa posture. Ce serait une attitude coupable que de tuer dans l'œuf les réflexions et recherches de tous ceux qui, très bientôt, restaureront le vrai visage de la science…

Même les plus sérieux peuvent être séduits par l'imagerie du savant au splendide isolement, et en éprouver un réflexe pavlovien d'indulgence. Soyons compréhensifs vis-à-vis de brebis égarées qui retrouveront sûrement d'elles-mêmes le chemin de la vérité scientifique, dit-on. Après tout, qui cela gêne-t-il que certains « travaillent » sur la terre creuse ou la quadrature du cercle ?

Les risques planétaires qui sont en jeu rendent indéfendable une telle tolérance de principe. De nombreux projets dépendent de la rigueur de nos actions : éducation des enfants tournée vers

7. C. Allègre, « Les neiges du Kilimandjaro », *L'Express*, 21 septembre 2006 ; *L'Imposture climatique*, Plon, Paris, 2010.

les questions d'environnement[8,9], contrôle de la démographie[10,11], sobriété volontaire[12], diminution de la consommation carnée[13]... Il faut donc nous en prendre à ce trop commode « droit à l'indulgence », qui ne profite qu'à des contestataires qui dissimulent leurs objectifs sous un vernis d'ouverture d'esprit.

II. Une guerre contre la science

Jamais, même dans les pires tragédies de l'humanité, la menace n'avait atteint une telle échelle ni n'avait des conséquences si durables[14]. Voilà pourquoi, outre une limitation drastique des émis-

---

8. M. Ojala, « How Do Children Cope with Global Climate Change ? Coping Strategies, Engagement, and Well-being », *Journal of Environmental Psychology*, vol. 32, n° 3, 2012, p. 225-233.
9. P. Radanne, « Changement climatique et société(s) », *Écologie & politique*, vol. 2, n° 33, 2006, p. 95-115.
10. R. Dumont, *L'Utopie ou la mort*, Seuil, Paris, 1974.
11. A. et P. Ehrlich, *The Population Explosion*, Simon & Schuster, 1990.
12. A. Gorz, *Capitalisme, Socialisme, Écologie*, Galilée, 1991.
13. J. de Boer, H. Schlösler et J. J. Boersema, « Climate Change and Meat Eating : An Inconvenient Couple ? », *Journal of Environmental Psychology*, vol. 33, 2013, p. 1-8.
14. N. Stern, *Stern Review on the Economics of Climate Change*, Cambridge University Press, 2006.

sions de gaz à effet de serre, la crise climatique exige une batterie de mesures telles que la promotion de la cause des femmes, la redistribution des richesses, ainsi que la planification écologique.

Pour avoir sonné l'alarme, la Science est attaquée par des groupes de pression dont les motivations sont bien documentées[15]. Loin de l'image d'Épinal des salons feutrés d'une mythique république des savants, la question du réchauffement global a dégénéré en ce que le grand climatologue et statisticien Michael Mann appelle la « guerre du climat[16] ». Une guerre voulue et promue par les alliés, objectifs ou circonstanciels, de l'idéologie néolibérale.

La Science fait face à la violence d'ennemis aux formes changeantes : le terrain économique est investi par les lobbys pétroliers, le champ de bataille politique par des démagogues qui opposent « fin du monde » et « fin du mois », et ainsi de suite. Une tactique des « climatosceptiques » consiste aussi à reléguer la question climatique à l'insignifiance au profit de tel ou tel problème de l'heure

---

15. N. Oreskes et E. Conway, *Les Marchands de doute*, Le Pommier, 2012.
16. M. Mann, *The Hockey Stick and the Climate Wars*, Columbia University Press, 2012.

qui sert de paravent commode : le chômage, la crise économique, le covid…

III. Un clivage de genre ?

Le « climatoscepticisme » a posé les termes de son existence selon des modalités genrées, ce qui tient notamment à la violence du viril qui se nourrit de toute espèce de controverse, si artificielle soit-elle. Témoin en est la foi inébranlable des « climatosceptiques » en la capacité humaine de venir à bout de tous les obstacles. Ayant décrété que le monde leur est soumis, ils ne peuvent tolérer les « enfantillages apeurés » de celles et ceux qui en appellent à un autre modèle. Dans une telle inversion des valeurs, Gaïa devient presque coupable de défaut de résilience climatique.

Fait significatif trop souvent passé sous silence : les « climatosceptiques » se recrutent exclusivement parmi les hommes[17]. Ceux-ci sont souvent âgés, misogynes, et d'une orientation politique conservatrice. Nul hasard là-dedans. Isabelle Stengers, dans un texte lucide sur le caractère genré de la

17. Groupe JIEC, « En France, les climatosceptiques bougent encore », *Médiapart*, 28 novembre 2019.

notion d'« étoffe du chercheur[18] », rappelle un film de Philip Kaufman, *L'Étoffe des héros*, dans lequel les pilotes d'essai qui se tuent lors d'un vol y sont décrits par leurs collègues comme n'ayant pas (ou pas eu) « l'étoffe » (*the right stuff*). Le fait d'« avoir l'étoffe » est le genre non marqué, c'est-à-dire qu'un pilote – ou un chercheur – « a l'étoffe » par définition lorsqu'il ne fait pas partie de ceux qui ne l'ont pas. Stengers ignorait, au moment d'écrire son texte, que deux ans plus tard, des astronautes américains, tous hommes retraités, en viendraient à constituer une équipe de « climatosceptiques » baptisée « *The Right Climate Stuff*[19] ».

IV. Une guerre sale

Les déconvenues scientifiques des « climatosceptiques » les ont conduits à user de procédés de plus en plus honteux. Ainsi du « *climategate* », divulgation pirate de milliers de courriers électroniques de chercheurs de la Climate Research Unit de l'université d'East Anglia. L'opération, possiblement pilotée par une agence nationale de renseignement et dans laquelle ont circulé les noms

18. I. Stengers, *Une autre science est possible !*, La Découverte, 2013.
19. www.therightclimatestuff.com

de pays comme l'Arabie Saoudite et la Russie[20] (tous deux gros producteurs de pétrole), avait à l'évidence pour objet de discréditer les travaux des climatologues de plus haut rang avant l'importante conférence de Copenhague de décembre 2009.

Comment des personnes qui se revendiquent scientifiques peuvent-elles se faire des ennemis de la Science ? La réponse est que les « climatosceptiques » *ne sont pas* des scientifiques. Souvent montés en épingle, tout spécialement par les médias favorables à l'idéologie dominante comme *Le Figaro*[21], ainsi que par le Rassemblement national (ex-Front national[22]), des cas tels que ceux de Claude Allègre ou de Vincent Courtillot sont un trompe-l'œil. Le premier n'a jamais publié en climatologie, les tentatives du second ont été invalidées à peine publiées – sans parler de la méthode employée par l'auteur pour forcer la porte d'une revue à comité de lecture[23]. Les quelques autres

20. S. Foucart, « Le "Climategate" piloté par des services secrets ? », *Le Monde*, 2 février 2010.

21. O. Godard, *op. cit.*

22. H. Kempf, « L'imposture "croissanciste" », *Le Monde*, 27 février 2010.

23. R. Pierrehumbert, « Les Chevaliers de l'Ordre de la Terre Plate », www.realclimate.org/index.php/archives/2007/11/les-chevaliers-de-lordre-de-la-terre-plate-part-i-allgre-and-courtillot/

cas isolés à l'étranger, comme cet ancien employé d'une université privée (le MIT) qu'est Richard Lindzen, sont de la même eau : des tentatives de publications, aussitôt invalidées par les vrais spécialistes.

Ainsi donc, même si, çà et là, quelques « climatosceptiques » peuvent se prévaloir du titre de scientifiques, il ne s'agit que d'une usurpation qui consiste à exploiter un état-civil académique (Allègre comme Courtillot ont bel et bien été rattachés à des laboratoires de recherche) pour se parer de compétences qu'ils n'ont pas. L'on reconnaît la méthode des sulfureux frères Bogdanov[24] ou de l'astrologue Élizabeth Teissier[25] : prêts à tout pour disposer d'une reconnaissance institutionnelle que leurs mérites ne justifient pas, ils tentent d'entrer par la bande dans le monde académique tant convoité, avec tout le talent des ambitieux pour en exploiter les fragilités occasionnelles. En cela, l'ancien président du GIEC Rajendra Pachauri a fait montre d'une grande pertinence en parlant, non sans humour, de « science vaudou » (*voodoo*

24. *Rapport des sections 01 et 02 du comité national du CNRS sur deux thèses de doctorat*, 2003.

25. B. Lahire, P. Cibois, D. Desjeux, J. Audouze, H. Broch, P.-P. Krivine, J.-C. Pecker, D. Savoie et J. Bouveresse, « Analyse de la thèse de Madame Élizabeth Teissier », 2001.

science) pour dénoncer ceux qui contestent le risque de fonte des glaciers de l'Himalaya en 2035[26].

L'argument de la « bonne foi » des « climatosceptiques » a été suffisamment analysé[27][28] pour que nul n'y apporte plus crédit. Au mieux dira-t-on dans le sillage de certains psychologues que nous avons affaire à un déni de réalité[29][30], ou plus probablement à un désir de se placer sous la lumière des projecteurs par le biais de la vieille ficelle du scandale.

La guerre climatique est une guerre sale. Songeons aux harcèlements menés par les « climatosceptiques » désireux de faire appliquer la loi pour disposer des données utilisées par les chercheurs. « Pourquoi vous les donnerais-je, a un jour

---

26. C. Booker, « Pachauri : the real story behind the Glaciergate scandal », *The Telegraph*, 23 janvier 2010.
27. S. Huet, *L'Imposteur, c'est lui – réponse à Claude Allègre*, Stock, Paris, 2010.
28. S. Foucart, *Le Populisme climatique – Claude Allègre et Cie, enquête sur les ennemis de la science*, Denoël, Paris, 2010.
29. R. Stolorow, « Climate Change, Narcissism, Denial, Apocalypse », *Psychology Today*, 6 octobre 2012, www.psychologytoday.com/blog/feeling-relating-existing/201210/climate-change-narcissism-denial-apocalypse
30. T. Greitemeyer, « Beware of Climate Change Skeptic Films », *Journal of Environmental Psychology*, doi : 10.1016/j.jenvp.2013.06.002

répondu à l'un d'eux un climatologue légitimement excédé, j'y ai travaillé pendant vingt-cinq ans et vous ne cherchez qu'à y trouver une faille. » Peu importe en effet aux « climatosceptiques » que la divulgation des données ne soit nullement une pratique standard en climatologie, où la simple et saine confiance entre pairs allait toujours de soi[31].

Cette guerre d'usure se complète d'une stratégie hypercriticiste destinée à épuiser les scientifiques dans des explications toujours vaines apportées à des questions toujours plus insignifiantes. Un arrêt temporaire de quinze ans dans la hausse des températures poserait question, le triplement du nombre d'ours polaires en cinquante ans démentirait les alarmes sur l'Arctique, l'absence de réchauffement au-dessus des tropiques là où la théorie le prévoit de façon incontournable remettrait tout en cause, et ainsi de suite.

V. Nécessité d'une riposte

En d'autres temps il nous serait loisible d'ignorer ces attitudes égotiques. Malheureusement il est

31. House of Commons Science and Technology Committee, *The disclosure of climate data from the Climatic Research Unit at the University of East Anglia*, Eighth Report of Session 2009-10, 2010.

ici question de l'avenir de la vie elle-même. Les vrais scientifiques, malgré leur supériorité intellectuelle, leur désintéressement et la valeur éminemment morale de leur cause, paraissent parfois sur la défensive face aux mécanismes guerriers de leurs ennemis.

De nombreux scientifiques ont heureusement pris conscience que la probité n'est plus suffisante. Ainsi de cette pétition qui, en 2010, a rassemblé la signature de centaines de climatologues[32] pour dénoncer la publication des livres d'Allègre et Courtillot. L'on regrettera seulement que cette pétition n'ait circulé que sous une forme expurgée : la forme originale, elle, rappelait les faits scientifiques qu'il n'est désormais plus permis de contester[33]. Seuls les plus candides et les professionnels du contre-pied se sont offusqués de cette pétition au nom de la liberté intellectuelle, se livrant à une critique facile en parlant d'autodafé.

C'est vrai, la liberté de pensée, comprise de la façon la plus extensive, permet de contester que

32. Collectif, « Éthique scientifique et sciences du climat : lettre ouverte », http://sciences.blogs.liberation.fr/home/2010/04/climat-400-scientifiques-signent-contre-claude-allègre.html

33. M. Petit, « Peut-on douter de la réalité d'un changement climatique provoqué par les activités humaines ? », www.univ-paris13.fr/details/154-la-planete-en-questions.html

des avions ont percuté les tours du World Trade Center le 11 septembre 2001. Oui, aussi, elle permet de contester l'effet du tabac sur la santé humaine. Oui, encore, elle autorise à contester la théorie de l'Évolution pour lui préférer les idées les plus rétrogrades sur l'âge de la Terre calculé d'après la Bible. Mais le fait que l'intelligence puisse s'exercer librement implique-t-il que la liberté soit preuve d'intelligence ?

Répondre par l'affirmative, ce n'est pas simplement commettre une fausse contraposée, c'est surtout ouvrir au renard la porte du poulailler. Ce n'est pas sans raison que Popper avait pris le temps de démasquer ce sophisme dans son paradoxe de la tolérance[34]. Tolérer l'intolérance, c'est condamner la tolérance elle-même. Le code d'honneur des samouraïs de la fin du XIXe siècle leur interdisait l'usage des armes à feu, cela leur fut fatal. Ne commettons pas la même erreur.

Peter Gleick, membre du comité d'éthique et d'intégrité scientifique de l'Union américaine de géophysique (AGU), a ouvert la voie en contrefaisant son identité afin de se faire remettre des documents potentiellement compromettants pour

34. K. Popper, *The Open Society and Its Enemies*, vol. 1, Princeton University Press, 1971.

le puissant et influent Heartland Institute, *think tank* « climatosceptique » américain néoconservateur[35]. La tentative de Gleick, peut-être complétée par sa fabrication d'un faux document destiné à mettre en lumière les agissements antiscientifiques du Heartland[36], a malheureusement échoué, mais a valu à Gleick une reconnaissance bienvenue de l'AGU, sous la forme d'une invitation prestigieuse à un exposé lors de sa session de 2013[37].

D'autres avancées semblent montrer que la mesure du problème a été prise. Ainsi de cette proposition de Corinne Lepage fin 2015 en direct sur France Inter :

> [I]l va falloir tenir un registre très précis de tous ceux qui se seront prononcés et qui auront agi dans un contexte climatosceptique pour que, dans quelques années, ils portent la responsabilité au moins morale de ce qu'ils auront fait[38].

---

35. M. McPhaden, « We Must Remain Committed to Scientific Integrity », *American Geophysical Union*, 27 février 2012, https://about.agu.org/president/presidents-message-archive/remain-committed-scientific-integrity/

36. P. Juola, « Stylometric Report – Heartland Institute Memo », 13 mars 2012, https://wattsupwiththat.files.wordpress.com/2012/03/memoreport.pdf

37. S. McIntyre, « AGU Honors Gleick », *Climate Audit*, 5 janvier 2013, https://climateaudit.org/2013/01/05/agu-honors-gleick/

38. www.franceinter.fr/player/reecouter?play=1180861 (à partir de 1 h 27).

Olivier Godard a réalisé une liste très complète des négationnistes climatiques français, bien adaptée à cette proposition[39], prouvant que le politique et l'académique peuvent s'unir dans la lutte. Enfin, parmi les pistes complémentaires, signalons ces propos de Tuilaepa Sailele, le Premier ministre samoan, bien placé pour savoir les terribles conséquences à venir du réchauffement climatique sur les îles du Pacifique :

> Tout dirigeant de tout pays qui croit qu'il n'y a pas de changement climatique, je pense qu'il devrait être mis à l'isolement mental (*mental confinement*)[40].

VI. D'un négationnisme à l'autre

De même que les négationnistes de l'extermination des juifs dévoient la méthode historique à d'odieuses fins idéologiques, les « climatosceptiques » instrumentalisent la science climatique pour soutenir une idéologie libérale-conservatrice qui refuse de considérer que, comme l'explique clairement l'historienne des sciences Amy Dahan[41], « les politiques climatiques ne concernent pas

39. O. Godard, *op. cit.*

40. www.abc.net.au/news/2018-08-31/samoan-prime-minister-hits-out-at-climate-change-sceptics/10185142

41. A. Dahan et S. C. Aykut, « After Copenhagen, Revisiting Both the Scientific and Political Framings of the Climate Change

précisément le climat, mais la transformation de toutes les catégories et institutions fondamentales modernes de l'État-nation ».

Tout comme dans le cas des négationnistes, il s'agit ici de combattre la contestation de crime contre l'humanité. Le fait qu'aucune victime explicite du génocide climatique ne puisse être citée n'est pas un argument, puisque ce génocide ne concerne pas le présent mais l'avenir. Le grand scientifique James Edward Hansen a ainsi écrit que « les trains qui transportent le charbon dans les centrales sont des trains de la mort[42] ». Paul Krugman, Prix Nobel d'économie, a expliqué que le négationnisme climatique est « une forme de trahison contre la planète[43] ». Ellen Goodman a lucidement indiqué que « les négationnismes du réchauffement climatique équivalent à ceux des négationnistes de l'Holocauste, les seconds niant le passé tandis que les premiers nient le présent et l'avenir[44] ».

Regime », *in* J.-B. Saulnier et M. Varella (éds.), *Global Change, Energy Issues and Regulation Policies*, 2013, p. 221-237.

42. J. E. Hansen, « Coal-fired Power Stations Are Death Factories. Close them », *The Guardian*, 15 février 2009.

43. P. Krugman, « Betraying the Planet », *The New York Times*, 28 juin 2009.

44. E. Goodman, « No Change in Political Climate », *The Boston Globe*, 9 février 2009.

Oui, l'enjeu de la question climatique est celui du retour du fascisme. Le climatologue Simon Lewis a rappelé en 2018 que « sans internationalisme coopératif, il ne sera pas possible de limiter sérieusement les émissions de dioxyde de carbone, ce qui impliquerait que les facteurs sous-jacents des problèmes se trouvent exacerbés et conduisent à un enfermement dans un avenir détérioré, isolationniste, fasciste[45] ». Le grand historien Timothy Snyder, lui, a su faire l'analogie qui convenait entre la folie hitlérienne et l'*hubris* actuelle :

> Hitler niait que la science puisse résoudre le problème fondamental de la nutrition, mais admettait que la technologie permettait de conquérir des territoires. De la même manière, il semble que, dans le cas du changement climatique, le déni de la science légitime l'action militaire plutôt que l'investissement dans la technologie[46].

Dans un texte courageux[47] finalement retiré sous la pression, Richard Parncutt a suggéré que « la peine de mort est une punition appropriée pour

---

45. www.theguardian.com/commentisfree/2018/aug/07/climate-change-catastrophe-political-will-grassroots-engagement
46. www.theguardian.com/world/2015/sep/16/hitlers-world-may-not-be-so-far-away
47. R. Parncutt, « Death Penalty for Global Warming Deniers ? An Objective Argument… a Conservative Conclusion », www.webcitation.org/6D8yy8NUJ

les négationnistes climatiques influents ». Cette idée est en ligne avec l'impératif posé par Isabelle Stengers : « apprendre à identifier les "marchands de doute", à les disqualifier de manière publique et impitoyable, comme nous sommes portés à le faire avec les négationnistes, les propagateurs de racisme ou certains fauteurs de guerre[48] ». Ajoutons qu'il ne faut pas craindre de faire peur par une sanction lourde, car cette stratégie peut se révéler efficace sur les indécis[49].

Tous ceux qui ont étudié la question savent que les solutions, s'il nous en reste, doivent être radicales. Le climatologue François-Marie Bréon, directeur adjoint du Laboratoire des sciences du climat et de l'environnement, a ainsi expliqué[50] que « la lutte contre le changement climatique est contraire aux libertés individuelles et donc sans doute avec la démocratie ». Aussi devons-nous préparer l'avènement d'une nouvelle manière d'or-

48. I. Stengers, *op. cit.*

49. M. van Zomeren, R. Spears et C. Wayne Leach, « Experimental Evidence for a dual Pathway Model Analysis of Coping with the Climate Crisis », *Journal of Environmental Psychology*, vol. 30, n° 4, 2010, p. 339-346.

50. www.liberation.fr/planete/2018/07/29/francois-marie-breon-la-lutte-pour-le-climat-est-contraire-aux-libertes-individuelles_1669641

ganiser le partage du pouvoir, en suivant ce que proposent de plus en plus de scientifiques, parmi lesquels Jacques Treiner :

> Les porte-parole des océans, ce sont les océanologues, ceux des glaciers, les glaciologues, ceux de l'atmosphère, les climatologues. [...] Il y a donc bien de nouvelles formes de démocratie à mettre en place, où les scientifiques, en tant que porte-parole des non-humains, doivent pénétrer l'arène publique et rencontrer les humains [...][51].

VII. Une proposition concrète contre le négationnisme climatique

La loi Gayssot de 1990 a donné un cadre juridique contre la négation de l'extermination systématique des juifs par l'Allemagne nazie, un cadre qui doit nous inspirer contre le « climatoscepticisme », face auquel seuls quelques dispositifs de surveillance citoyenne sont actuellement en place[52]. Voici en guise de conclusion un avant-projet de loi pour inscrire dans le code pénal la lutte contre ces déviances criminelles :

---

51. J. Treiner, *Un peu de science ça ne peut pas faire de mal*, Cassini, 2017, p. 121.
52. World Future Council, « Establishing Crimes against Future Generations », www.worldfuturecouncil.org/fjcrimes.html

• insérer un article 24 *ter* à la loi du 29 juillet 1881 sur la liberté de la presse, formulé comme suit (rappelons que c'est l'article 24 *bis* de cette même loi qui, conjointement à la loi du 13 juillet 1990, constitue le corps de la loi Gayssot) :

> Seront punis des peines prévues par le sixième alinéa de l'article 24 [c'est-à-dire un an d'emprisonnement et/ou 45 000 euros d'amende] ceux qui auront contesté, par un des moyens énoncés à l'article 23 [c'est-à-dire tout moyen de communication destiné au public], l'un ou l'autre des points suivants : la réalité du changement climatique, l'origine anthropique de celui-ci, l'ampleur ou la gravité des conséquences prévues pour le XXIe siècle par les experts intergouvernementaux compétents.

• créer un *comité national d'éthique climatique* à qui sera dévolue une triple mission :

– une veille sur toutes les prises de position sur le dérèglement climatique ;

– une action de réprobation morale publique (*name and shame*) à l'encontre de tous ceux qui nient la gravité du problème climatique et/ou ses origines anthropiques ;

– la possibilité pour des associations de sauvegarde de l'environnement de se porter partie civile dans les procès (désormais rendus possibles par l'article 24 *ter* proposé ci-dessus) relatifs au négationnisme climatique.

Puissent ces quelques propositions contribuer à ce que jamais nos enfants et nos petits-enfants ne nous reprochent d'avoir su sans avoir agi.

10. Intrusion

Stupéfait, Nalliens avait laissé tomber sa mâchoire comme pour avaler l'information.

— Mon badge a été utilisé cette nuit ? C'est impossible, voyons, je n'étais pas là.

— Je dirais plutôt que c'est étrange.

— Vous n'allez tout de même pas penser…

— Je ne pense rien du tout, Nalliens. Je constate simplement que nous avons une énigme à résoudre. Avez-vous votre fichu badge sur vous ?

Nalliens tâcha de calmer un début de panique. Ce qu'il allait répondre sonnerait faux, mais que pouvait-il dire d'autre ?

— Non. Je l'ai très rarement sur moi. Il y a quelque temps j'ai donné gracieusement des cours de maths aux enfants de deux des gardiens, alors maintenant au poste de sécurité ils m'aiment bien. Quand ils me voient, ils mettent un point d'honneur à me déverrouiller l'entrée eux-mêmes, c'est leur façon de me témoigner de la gratitude. Je m'y suis tellement habitué que je ne m'encombre plus de mon badge... Voyons, monsieur le directeur, il doit y avoir erreur, ou alors mon badge a été piraté. Je ne pouvais matériellement pas me trouver à l'institut au moment de l'intrusion, j'étais avec mes deux assistants au *Café Phil* pour prendre connaissance des résultats de notre expérience.

— Je vous crois, Nalliens. Le problème, c'est qu'il faudra expliquer tout ça à la police.

Le téléphone de Sonneyer vibra à nouveau. Un message, cette fois-ci.

— Ah ! dit-il en le lisant. Eh bien, heureusement que la police n'est pas trop pressée de venir faire ses constatations : nous avons rendez-vous au ministère de la Recherche dans deux heures pour le petit déjeuner pour y présenter le résultat de vos expériences. Mon chauffeur nous y emmènera.

— Si vite ?

— Si vous sortiez un peu le nez de vos expériences vous sauriez qu'en politique il y a trois types d'agapes : le déjeuner pour les affaires courantes, le dîner pour l'élaboration de relations à long terme, et le petit déjeuner pour les urgences absolues impossibles à caser dans l'emploi du temps.

On frappa à la porte. La journée promettait décidément d'être animée, songea Nalliens.

— Vous attendez quelqu'un ? eut-il le temps de demander.

Sonneyer eut à peine le temps de secouer négativement la tête que déjà la porte s'ouvrait. Deux hommes qui ne faisaient manifestement pas partie du personnel firent leur entrée.

— Messieurs bonjour. Navrés de troubler de la sorte votre conversation, nous souhaitons que vous nous consacriez quelques instants.

— Nous venons de la part de quelqu'un qui doit avoir un entretien avec vous sans délai, renchérit l'autre. Recevez nos excuses pour ne pas avoir pris de rendez-vous en bonne et due forme, mais voyez-vous, personne ne pouvait prévoir que les événements se précipiteraient de la sorte.

Ces mots avaient été prononcés de manière parfaitement impersonnelle. Le visage et la tenue des deux hommes étaient absolument quelconques, seules leurs voix trahissaient un accent que Nalliens n'identifia qu'après coup.

— Je ne sais pas qui vous êtes pour vous permettre de m'adresser la parole sur ce ton, gronda Sonneyer, mais vous allez dégager *fissa* de ce bureau. Quand vous voudrez me parler, appelez ma secrétaire, elle vous donnera rendez-vous si ça lui chante. Et maintenant débarrassez-moi le plancher !

Sonneyer tendait déjà le bras vers le combiné de son téléphone pour prévenir la sécurité en cas de besoin.

— Monsieur le directeur, croyez bien que nous sommes désolés de cette intrusion cavalière, répondit l'un des deux hommes sans bouger d'un millimètre. Nous n'allons mobiliser que quelques minutes de votre précieux temps. Voyez-vous, nous nous doutions que vos expériences allaient lever un lièvre.

— C'est à vous qu'on doit le saccage de notre salle d'expériences ? lança Sonneyer qui, seul maître à bord de l'institut après Dieu, s'apprêtait à se mettre en colère pour de bon.

— Nous ne sommes pas ce genre de sauvages, répondit l'homme tout en déployant un large sourire ironique. Oh, mais pardon monsieur Nalliens, croyez bien que je ne voulais pas vous vexer…

La Gestapo ne devait pas employer d'autres méthodes, songea l'intéressé sans répondre. À en croire l'œil de Sonneyer qui se remplit de méfiance envers Nalliens, le sous-entendu de l'intrus avait fait son effet.

— Vous allez déclencher une réaction en chaîne qui devrait trouver son issue assez vite, dit l'autre homme de sa voix toujours aussi neutre. Dans peu de temps, tout ce qui se sera passé les prochains jours, peut-être même les prochaines heures, n'aura plus de secret pour personne. Tout ce que nous voulons, c'est ne pas être pris de vitesse.

— Vous disposez forcément de gros moyens pour espionner notre équipe et comprendre scientifiquement ce qui est en jeu, dit Nalliens. Pour qui travaillez-vous ?

— La réponse va vous être donnée dans quelques instants. La communication vient d'être établie. Quelqu'un va vous dire des choses de la plus haute importance.

— Qui donc ?

— Vous n'aurez aucune peine à le reconnaître.

11. L'assemblée

— Comment tu te sens ?

— Va te faire foutre, connard.

La réponse avait fusé comme un éclair. Xavier Yppeles n'eut besoin que d'un court instant pour en analyser la dimension sémantique. Le caractère direct de l'injonction de Sophie Brinier, ses mots explicites, sa brièveté, l'absence de toute graine semée de sous-entendus, tout cela concourait sans conteste à une seule et même conclusion : les mots avaient bien dit ce qu'ils voulaient dire.

Par acquit de conscience, il jugea toutefois utile de consacrer quelques instants supplémentaires à l'examen d'éventuels non-dits. Une rapide mais précise réécoute mentale des cinq mots que sa mémoire immédiate faisait résonner à ses oreilles de sémioticien amateur lui permit de forger des conclusions sur des bases solides.

En premier lieu, la voix n'ayant marqué aucune inflexion désabusée, l'on pouvait exclure l'existence d'un quelconque regret. Ensuite, l'absence de toute trace de calcul dans la réponse démontrait que l'injure n'avait rien d'une protection pour dissimuler quelque chose de gênant. Enfin, seule une courte inspiration avait précédé le moment où le venin avait été craché, attestant du caractère spontané de la réponse. Ce dernier point était corroboré à la fois par le brusque mouvement du corps qui s'était produit juste avant que la réponse n'eût fusé, et par les éclairs bien visibles que lançait encore une paire d'yeux résolument furieux.

De tout cela il convenait de déduire que, conformément à ce qu'avait suggéré l'examen sommaire initial, rien n'était dissimulé. On avait bel et bien affaire à une pure et franche colère. Conclusion pleinement satisfaisante. Gérer le ressentiment subséquent serait un moindre mal.

— T'énerve pas, je vais pas te refaire le coup de l'oiseau qui veut bouffer des fourmis, je fais mon boulot, c'est tout.

Quelques semaines plus tôt, cette histoire avait fait son petit effet. Une colonie de fourmis légionnaires bien grasses, quoi de plus tentant pour un oiseau affamé au cœur de l'Afrique ? À peine celui-ci a-t-il fondu sur ses proies que les rôles s'inversent : en un instant l'attaquant est mordu, happé, dévoré par l'horrible troupeau dont il croyait faire son menu. « Ne commettez pas la même erreur que l'oiseau, avait mis en garde le psy. Ne croyez pas que vous ne risquez rien simplement parce que les fourmis sont aveugles, petites et lentes et que vous les voyez de haut. »

Nulle autre histoire, nul exemple de général à l'armée mise en déroute par excès de confiance n'avait eu autant d'effet. La mythologie du chant des sirènes ? Bonne pour un Ulysse conscient du danger et qui n'approche le navire des récifs fatals que contraint et forcé. Le syndrome de Stockholm ? Un lieu commun bien trop rebattu et sans rapport avec la situation.

La parabole de l'oiseau et des fourmis avait d'autant mieux tapé dans le mille que le psy, qui avait pour l'occasion fait œuvre de médecine préventive, avait assorti sa présentation d'une vidéo documentaire qui montrait les bestioles à l'ouvrage. Un tapis carnivore. Beurk.

Mais ce n'était pas une raison pour lui demander comment elle se sentait. Le sous-entendu était gros comme un camion : Sophie, petite oiselle, ne t'es-tu pas approchée un peu trop de la vilaine fourmi Simonin ?

— T'es vraiment qu'un macho de merde.

Yppeles ne réagit pas. Comme le lui montra une nouvelle analyse comparative sémantico-sémiotique, cette dernière réplique avait la même structure que la toute première. L'infra-discours était resté le même – tout comme le signifié –, renforçant la rassurante conclusion obtenue au début de la conversation.

Si toutefois on pouvait parler de conversation.

Le téléphone de Sophie Brinier interrompit le silence. La sonnerie qui retentissait était spéciale, réservée à un seul correspondant. Brinier avait l'obligation de décrocher aussitôt, quelles que soient les circonstances. L'appel ne dura pas plus de dix secondes.

— On a une assemblée dans quinze minutes, dit-elle à Yppeles après avoir raccroché. Arrête-toi dès que tu peux.

Dans leur jargon, une assemblée consistait en une réunion où des informations seraient rassemblées avant une nouvelle étape. Le mot « réunion » n'était pas employé en raison de sa connotation de lenteur et d'inefficacité. Lors d'une assemblée, chacun devait se montrer bref, clair et précis. Seuls les chefs étaient habilités à interrompre, même si cette règle n'était pas toujours suivie.

— On va accorder nos violons, ajouta-t-elle en sortant un carnet.

Sans répondre, Yppeles désigna du doigt un panneau qui signalait la prochaine station à essence à moins d'un kilomètre. Il devait se garer, car l'attention complète de tous les participants était exigée à chaque instant. Il se rabattit sur la file de droite puis s'engagea dans le virage qui menait à la station. Toujours sans un mot, il dirigea le véhicule vers le parking, et choisit une place à l'écart.

— On n'a rien à accorder, dit-il une fois le moteur coupé. On ne joue pas dans le même concert. Toi t'es celle qui sait lire, tu feras le topo sur tes documents. Moi je suis le gros bourrin, je parlerai du matos.

Sans laisser le temps à Brinier de répliquer, il ouvrit sa portière et sortit de la voiture.

— C'est quoi ton problème ? lui lança-t-elle une fois sortie à son tour tandis qu'il s'éloignait.

La question immobilisa Yppeles. Il se retourna, revint tranquillement vers la voiture pour poser ses mains sur le toit.

— Tu peux pas t'empêcher de prendre tes grands airs, hein ? dit-il d'un ton plein d'ironie. Tout ça parce que t'es allée à la fac ! Sauf que là-bas ils ont oublié de t'enseigner certains trucs. Par exemple que quand on est piégés comme des rats en pleine nuit au milieu de rien dans une cabane tenue par des tueurs, on sort son arme.

Il tourna de nouveau les talons.

— Où tu vas ? lui lança-t-elle. On a moins de dix minutes avant l'assemblée.

— Là où personne ne peut aller à ma place, répondit-il sans se retourner.

Lasse, elle rentra dans la voiture en fermant la porte pour ne plus entendre les bruits de l'autoroute. Une fois au calme dans l'habitacle, elle ferma les yeux. La nuit passée avait été rude, et il ne fallait pas trop compter qu'à l'issue de l'assemblée ses ordres soient d'aller dormir.

Un instant plus tard, son téléphone sonna de nouveau.

— Ici Leader, dit une voix. Où êtes-vous ?

— Sur l'A6, répondit Brinier. On a passé Beaune il y a vingt minutes. On est à une station, l'aire des Lochères.

— Reprenez la route tout de suite, on va avoir besoin de vous ici. Vous avez autorisation de conduire pendant l'assemblée.

— Bien reçu, dit Brinier en apercevant Yppeles qui était de retour.

Une minute plus tard, le véhicule démarrait en trombe pour reprendre la direction de Paris, tandis que la voix de celui qui se faisait appeler Leader attribua le premier tour de parole. C'est un participant dont le nom de code était Ness-

Net (allusion à Eliot Ness et au travail de fouille numérique sur Internet de son équipe) qui fut invité à parler le premier.

— On a vraiment du mal à les traquer, entama-t-il. Ils sont très méfiants, on n'arrive à piocher que quelques bribes ici et là sur internet.

Il avait tout de même obtenu quelques informations. Grâce à son équipe, on savait désormais que les multiples succès d'estime des zadistes avaient fait prospérer leur nombre jusqu'à atteindre la masse critique à partir de laquelle ils ne parvenaient plus à s'entendre entre eux. Leurs différentes chapelles devaient faire face à de multiples points de désaccord. Penser aux ZAD en les fourrant toutes dans le même sac était une erreur aussi grossière que d'en rester au Larzac pour comprendre les luttes altermondialistes contemporaines. Déjà à l'époque de la splendeur de Notre-Dame-des-Landes, il avait fallu toute l'indulgence de journalistes complaisants pour que les fractures entre zadistes soient présentées comme de simples « tensions ». En réalité, la ZAD mythique avait plus d'une fois failli s'effondrer sous le poids de son succès.

— Mettons que des écologistes et des féministes se réunissent dans une même pièce pour se mettre d'accord, disait-il. Logiquement, ils inventeront l'*écoféminisme,* qui décrète que donner du pouvoir aux femmes est le bon moyen pour sauver la planète. Chacun trouve son compte dans cette synthèse mais, le diable se cachant dans les détails, au moment même où elle sera mise sur pied, ses imaginatifs promoteurs seront déjà au bord de la scission. D'un côté, vous aurez ceux pour qui le rôle de protection de la nature revient aux femmes puisque ce sont elles qui donnent la vie. Ce sera le camp de ceux qui invoquent la « Terre-mère » dans leurs discours, qu'ils l'appellent Gaïa ou Pachamama. Cette vision essentialiste de la féminité est structurellement conservatrice. « De droite », quoi. De l'autre côté, vous aurez la vision « de gauche », pour qui le lien entre les femmes et la planète tient à leur destin historique commun d'opprimées. Dans cette perspective, l'objectif de préserver la Terre nourricière s'efface au profit d'une alliance des victimes pour renverser l'oppresseur principiel : le patriarcat capitaliste.

— La convergence des luttes, commenta Leader. Un grand classique.

— C'est classique, mais en général ça fonctionne mal. On peut se mettre d'accord pour des raisons pragmatiques, mais les intérêts divergents et les idéologies concurrentes n'en disparaissent pas pour autant. Il n'est pas si facile d'accorder durablement un partisan de l'agro-écologie et un militant propalestinien.

— Quand je travaillais à la gendarmerie, confirma Leader, on disait que chez les trotskistes, avec un militant on a un parti, avec deux militants on a deux tendances, et avec trois militants on a une scission.

Brinier et Yppeles, qui fonçaient toujours vers Paris, déduisirent des rires polis qui fusèrent que trois personnes étaient réunies au siège central.

— Dites donc Yppeles ! dit soudain Leader. Je ne crois pas que votre voiture fonctionne à pédales. C'est pourtant l'impression que vous me donnez. Sur mon écran votre puce GPS avance comme un escargot. C'est quoi, votre problème ?

— Des panneaux de limitation de vitesse à 130 km/h sur l'autoroute, Leader.

— Zéro radar mobile sur votre trajet, décrassez-moi votre moteur *illico*.

Yppeles ne se le fit pas dire deux fois. Une seconde plus tard, la voiture rugissait sous l'effet de l'accélérateur, tandis que Brinier montait le son pour entendre NessNet reprendre ses explications.

— Plutôt que de s'entre-déchirer gentiment, reprit-il, les zadistes ont opéré une rupture stratégique en créant des ZAD thématiques, où chacun dispose de son champ d'expérimentation. Le mot d'ordre : que le meilleur gagne. C'est un nouveau champ d'application de l'économie de marché, en quelque sorte. Eh oui, mes bons messieurs, même l'utopie n'est plus ce qu'elle était. Finie l'époque où l'on rêvassait tel un Platon ou un Campanella, un pinceau d'antispécisme dans la main gauche et une palette d'égalitarisme dans la main droite. Aujourd'hui place aux ingénieurs des lendemains qui chantent, aux laborantins des futurs radieux, aux techniciens de la Jérusalem céleste. Chaque parcelle de bonheur se dose à la burette, en attendant de pouvoir l'administrer à la seringue.

Brinier eut un petit sourire. Au milieu de la bande de machos qui l'entouraient, NessNet était le seul capable d'un peu de détachement. Il avait probablement été recruté précisément pour son intelligence un peu décalée, qui apportait une ouverture bienvenue. Même Leader évitait de l'interrompre lorsqu'il se lançait dans ce genre de tirade qui finissait volontiers par une citation en latin revisitée, genre *Delendum est Troinum.*

NessNet expliqua qu'il n'était pas anodin qu'à la ZAD de Troiny on ait affaire à des théoriciens de l'écologisme radical. Le fait qu'ils soient *radicaux* signifiait qu'ils étaient définitivement sourds à toute discussion et tout compromis, donc potentiellement violents. Être des *théoriciens* faisait d'eux des militants davantage du genre à rédiger des textes mariant les contraires qu'à enfiler les bottes les jours de pluie pour se rendre au champ, mais les rats de bibliothèque n'étaient pas toujours les moins dangereux ni les moins violents.

— Il est probable que les protozadistes de Troiny théorisent un régime politique nouveau qui synthétise l'ensemble mais nous ne sommes pas parvenus à en trouver une trace précise, conclut NessNet résigné. Il le faudrait absolument, pour comprendre leurs liens avec d'autres groupes.

— Yppeles, Brinier, c'est à vous, relança Leader. Qu'est-ce que vous nous ramenez de Troiny ?

— Nous avons la réponse aux questions de NessNet, dit Brinier triomphante. Le projet Geocratia existe, je vous envoie les textes. Du point de vue doctrinal, c'est très avancé. Ses auteurs sont méfiants, je pense qu'ils utilisent des ordinateurs non connectés à Internet pour travailler. Leurs textes sont imprimés, corrigés à la main… il y a même des bouts de papier collés par-dessus le texte pour le corriger. Pardon de la digression mais ça m'a rappelé ma jeunesse, quand je jouais avec les vieux documents de mes parents tapés à la machine. Le principe général de la doctrine, c'est de donner le pouvoir politique à la Terre elle-même en tant que planète vivante, et à ses composantes qui constitueront les corps intermédiaires de la nouvelle société : les glaciers, les arbres, l'atmosphère…

— Un député pour la banquise, un pour les manchots, et ainsi de suite, prolongea NessNet. Oui, c'est un peu ce à quoi je m'attendais. L'idée n'est pas nouvelle, Michel Serres et Bruno Latour ont déjà écrit là-dessus, pour ne citer qu'eux. L'un avait sa « biogée[1] », l'autre ses lubies sur les représentants des forêts[2].

Brinier et NessNet alternèrent leurs explications sur ces diocèses géocratiques définis non par une unité territoriale mais par une catégorie : espèces vivantes animales ou végétales, types géographiques, éventuellement sites remarquables. Avec bien sûr des évêques consacrés, chargés d'interpréter la volonté des glaciers ou des épicéas géants comme jadis l'on interprétait la volonté de Dieu à partir du vol des oiseaux.

— Une théocratie païenne de ce genre peut avoir l'air idiot vue de loin mais en réalité ne manque pas de cohérence interne, dit NessNet. En plus, c'est très dans l'air du temps. En 2013

1. M. Serres, *Biogée*, Le Pommier, 2013.
2. www.leparisien.fr/environnement/simulation-de-paris-climat-2015-les-etudiants-invites-par-science-po-ont-ils-reussi-leur-pari-02-06-2015-4825999.php

déjà, l'Inde a donné aux dauphins le statut légal de personnes non-humaines[3]. En 2017, la Nouvelle-Zélande s'y est mise en accordant au fleuve Whanganui le statut de personne juridique[4].

— Les théoriciens de Troiny sont sur cette ligne, confirma Brinier. Hier, l'un d'eux m'a expliqué qu'il s'était aperçu d'un léger problème : les ours polaires ne sont pas capables de glisser un bulletin de vote dans une urne. Il faudra donc que leur soient autoritairement choisis des représentants humains. Comme par hasard, ce gentil zadiste se sait le plus qualifié pour être désigné, en tout désintéressement bien entendu.

— Si je puis me permettre, dit Yppeles les mains toujours sur le volant, les gars de Troiny ne sont pas que des intellos. Ils ont aussi un bel arsenal. Tout un stock de bouteilles de verre et de chiffons pour fabriquer des cocktails Molotov. On n'a pas tout trouvé sur place, ils ne sont pas cons au point de tout garder au même endroit. Tant qu'ils n'ont pas d'essence à proximité on

3. www.dw.com/en/dolphins-gain-unprecedented-protection-in-india/a-16834519

4. www.lemonde.fr/planete/article/2017/03/20/la-nouvelle-zelande-dote-un-fleuve-d-une-personnalite-juridique_5097268_3244.html

peut difficilement les mettre en taule simplement parce qu'ils ont des bouteilles vides.

Le compteur avait dépassé les 180 km/h. Yppeles se rassura sur la localisation du prochain radar par un rapide coup d'œil à son application.

Une voix grommela. Brinier reconnut celle d'Huvillier, un gros bras à la Yppeles, à peine moins idiot mais largement aussi antipathique.

— Écoutez, je comprends qu'avoir passé quelques jours sur le terrain vous ait déstabilisés, mais c'est quand même pas la première fois que quelques illuminés nous réinventent le phalanstère et se racontent le Grand Soir en balançant quelques pavés. Rappelez-vous ce que nos hommes ont vu à Notre-Dame-des-Landes, mère de toutes les angoisses : deux ou trois écolos qui font pousser leurs choux, quelques anars tout juste capables de saccager un abribus à la batte de base-ball, le tout au milieu d'une bande de SDF qui passent leurs journées à s'emmerder. Et Troiny n'a même pas encore atteint ce niveau.

— Ceux de Troiny n'ont rien à voir avec les paumés de Notre-Dame-des-Landes, répliqua Brinier sur le même ton.

— Mouais, dit Huvillier tout en parcourant les textes de Brinier. Pinailler pour qu'on parle de « la Planète » plutôt que de « notre Planète », c'est quand même avant tout de la sodomisation de diptères, dont tout le monde se fout à part quelques intellos écolos-bobos à vélo.

C'est NessNet qui se chargea de lui répondre.

— Avez-vous remarqué comment sont désignés les futurs responsables de l'assemblée dirigeante ? Les *hythlodes*. Je pense que c'est inspiré de Thomas More, plus exactement de son *Utopie* de 1516. Dans cette histoire, un marin nommé Raphaël Hythlodée décrit le mode merveilleux de gouvernement de l'île d'Utopie qu'il a découverte.

— Voilà qui est édifiant. Et alors ?

— Et alors, monsieur Huvillier, tout ça prouve que nos zadistes n'ont rien à voir avec des étudiants glandeurs de socio qui se désennuient dans des manifs, ni avec ces idéologues de bas niveau qui pullulent chez certains écolos. Cette fois nous avons affaire à de vrais intellectuels. Leur doctrine se construit sur un fond de culture classique qu'ils assument. C'est parfois dans les détails, voire dans un simple mot que se révèlent la tectonique des idées et les mouvements qu'elle provoque. Des secousses les plus inoffensives peuvent jaillir les tremblements les plus destructeurs.

NessNet ajouta que le jour où il faudrait vraiment s'inquiéter des zadistes serait celui où ils confronteraient explicitement leur projet à *La Cité de Dieu* de Saint Augustin. Ce jour-là serait celui où ils auraient fini d'intégrer à leur élan contestataire deux millénaires de souffle utopique. Et on pourrait compter sur l'usage de cocktails Molotov pour limiter efficacement les risques d'éventuelles défaillances doctrinales. Les bolcheviks de la révolution russe de 1917 n'avaient pas procédé autrement à partir de l'immense travail préparatoire de Marx et Engels, tout en balayant en peu de temps leurs alliés initiaux pourtant majoritaires qu'étaient les mencheviks.

Certes, convint-il, le totalitarisme géocratique en gestation n'était encore que miniature. Il ne pouvait s'appuyer que sur ces sempiternelles prescriptions indiquant à tout un chacun comment, à chaque instant de sa vie, il se devait de songer à bien faire pour la planète : comment s'alimenter, comment se déplacer, comment s'habiller, comment consommer, comment s'éclairer, comment se chauffer, comment jeter à la poubelle… Attendant son heure, insatiable glouton du monde des idées, le projet géocratique devait pour l'instant se contenter d'avaler du même appétit les doctrines les plus vastes et les ismes les plus minuscules. Son ventre avide se faisait le réceptacle qui rassemblait patiemment, mêlait puis unissait survivalistes, véganistes et collapsologues en un grand tout théorique dont chacun se targuerait bientôt d'être un maillon essentiel.

Que se passerait-il alors lorsque cette matrice idéologique engloberait de façon structurée et cohérente la psychologie individuelle, la justice ou même l'organisation sociale ? Séparément, les idées ne pesaient rien. Rassemblées, elles formeraient un système.

— Et au sujet des personnalités à Troiny ? demanda Leader. Souvent dans ce genre de milieu, il ne fait pas bon avoir une tête qui dépasse.

— C'est là un problème majeur, dit Brinier. Il y a là-bas un jeune homme très habile et charismatique, qui a l'air capable de rassembler sous sa bannière pas mal de monde. Sa petite équipe est bien en place, son discours est parfaitement rodé. Il s'appelle Richard Simonin.

Prisonnier de sa posture initiale, Huvillier s'entêta dans son opposition :

— Chez les dingues il y a toujours de la graine de dictateur. J'ai souvent vu ça quand je travaillais pour le renseignement. En pratique, ils finissent toujours par s'engueuler entre eux pour des conneries d'amour-propre, sans jamais vraiment s'intéresser à ce qui se passe en dehors de leur village d'Astérix. Leur pouvoir de nuisance ne va jamais plus loin que celui de faire chier les bons bourgeois du patelin d'à côté.

— On ne doit pourtant pas négliger le risque qu'un jour les zadistes de Troiny se dotent de leur Lénine, dit NessNet. Un chef efficace et rassembleur, capable de mettre sur pied une stratégie crédible pour prendre un jour le pouvoir avec peu de soutien et de moyens. Surtout, un doctrinaire dont les certitudes atrophient tout scrupule et toute aptitude au compromis raisonnable. Les signaux que nous avons rassemblés sont faibles, mais font faisceau.

Alors qu'Huvillier avait commencé à être vaguement convaincu, la dernière phrase le renvoya brutalement à son opposition. Il détestait ces sempiternels « signaux faibles », qu'il avait vus trop souvent n'être rien de plus qu'une facilité rhétorique pour habiller un manque d'éléments probants. S'il fallait se méfier de toutes les eaux qui dorment, on ne pourrait plus prendre son bain.

En plus, tout cela l'ennuyait. Trop de théories. Pas assez de meurtre, de sexe, d'enjeu de pouvoir, d'argent qui change de mains…

D'accord, il n'avait rien contre l'idée que des écolos anars préparent quelque chose de répréhensible. Après tout, les conspirations constituaient tout de même le cœur de métier de la société qui l'employait, que ce fût pour en détecter ou pour en mettre sur pied. Comme en toute chose toutefois, le prestige ne s'y répandait pas de la même manière. S'immiscer dans des circuits de financement djihadistes, organiser l'espionnage d'une multinationale ou encore faire disparaître les traces d'une filière d'évasion fiscale, ça avait quand même une autre allure qu'enquêter dans la boue chez des ploucs faisant du camping au fin fond d'un trou perdu. Et si, tous autant qu'ils étaient à participer à cette assemblée, ils n'avaient pas tout simplement été mis au placard ?

Bon, il ne fallait pas trop noircir le tableau, se dit-il encore. Avec un peu de chance il y aurait quand même un peu de violence. Jusque-là, les militants écologistes étaient plutôt connus pour leur pacifisme, mais de gros affrontements s'étaient bel et bien déroulés à Notre-Dame-des-Landes. Il y avait aussi les saccages de boucheries par des militants végans[5]. Et depuis quelques années s'organisaient des stages de désobéissance civile tels que le « Camp Climat » de Kingersheim[6].

---

5. www.lepoint.fr/justice/lille-deux-antispecistes-condamnes-a-10-et-6-mois-de-prison-ferme-08-04-2019-2306418_2386.php
6. www.lefigaro.fr/actualite-france/au-camp-climat-nous-avons-assiste-a-une-simulation-de-desobeissance-civile-20190812

L'argument donné était classique et imparable : la violence n'était que la réponse à une prétendue violence antérieure, en l'occurrence contre la Terre. Alors après tout, se rassura Huvillier, si ce genre de mayonnaise prenait pour de bon dans ces milieux, on réussirait à s'amuser.

— Bon, je crois qu'on a fait le tour, dit Leader. L'assemblée est terminée. Yppeles, plutôt que de faire semblant d'aller vite, mettez-vous sur la file de gauche une bonne fois pour toutes. Vous avez deux heures pour être à Paris.

Yppeles eut un sourire en coin en appuyant de plus belle sur l'accélérateur.

— À vos ordres Leader, répondit-il en franchissant cette fois les 200 km/h. Quels sont nos ordres ?

— Vous vous rendez à un institut de recherche pour entrer en contact avec un scientifique qui nous sera utile. Il s'appelle Serge Nalliens.

12. Le diable s'en vient saluer

L'un des deux hommes se plaça devant Sonneyer et Nalliens, puis ouvrit une tablette tactile qu'il connecta à un réseau crypté. Un visage apparut à l'écran. Comme annoncé, les deux hommes le reconnurent aussitôt, sans en croire leurs yeux. L'homme dans l'écran bougea les lèvres, mais c'est une voix féminine qui se fit entendre.

— Messieurs bonjour. Je vous remercie de m'accorder cet entretien impromptu. Je vous présente mes sincères excuses pour ce désagrément, qui ne durera pas et qui n'est motivé que par des intérêts que nous avons en commun. J'ai parfaitement conscience que le caractère précipité de cette rencontre doit vous être quelque peu désagréable.

Nalliens appréciait ces amabilités que Sonneyer, lui, ne voyait que comme de la gentillesse d'apparence. L'homme s'interrompit un instant, puis reprit son discours. Il fallut quelques secondes avant que la voix féminine reprenne la traduction.

— Je sais votre temps précieux alors permettez-moi d'aller droit au but. Comme vous le savez peut-être, j'ai depuis longtemps une position dubitative sur cette idée d'un réchauffement climatique d'origine humaine[1]. À présent j'ai la conviction que cette théorie n'est qu'une mascarade fomentée par les pays occidentaux pour maintenir les puissances émergentes dans un état de sujétion et de misère.

— Monsieur le Président, glissa Nalliens dans un temps de silence, vous devez savoir que nous sommes des scientifiques, pas des diplomates ou des stratèges en géopolitique. Nous n'avons aucune légitimité pour…

— Savez-vous combien d'hommes, de femmes et d'enfants sont tués à cause de cette escroquerie ? interrompit le Président d'une voix toujours calme mais ferme. L'Organisation mondiale de la santé en chiffre le total à plus de quatre millions d'individus chaque année. Il s'agit notamment de tous ces gens à qui l'on refuse la construction de centrales électriques au charbon ou au gaz, qui ne disposent donc pas d'accès à l'électricité et sont obligés de respirer les vapeurs toxiques des feux de

1. https://youtu.be/1XKDz5QHZWo (à partir de 17'00")

bois qu'ils ont besoin d'allumer pour préparer leur nourriture. Les victimes sont très majoritairement les femmes, les enfants et les personnes fragiles[2]. Mais nous pourrions aussi parler de ces milliers d'écoliers qui ne peuvent pas étudier leurs leçons le soir parce qu'ils n'ont pas la chance de disposer de quelque chose d'aussi simple qu'un éclairage dans leur maison. À tous ces gens, il faut une chose et une seule : le développement. Et donc une source d'énergie accessible et bon marché.

Le discours était bien loin de ce à quoi ils se seraient attendus. Vladimir Poutine ne parlait pas de climat, mais ce qu'il évoquait sur l'interdiction de fait pour les pays les plus pauvres d'accéder aux technologies charbonnières et gazières était parfaitement réel. Tout en lui montrait un homme pleinement sûr de lui-même et sachant exactement où il allait, malgré le filtre de la traduction simultanée.

— Messieurs, vous savez peut-être que dans quelques jours à Lisbonne va se dérouler une conférence internationale sur le climat. Une de plus, vous direz-vous sans doute en songeant à l'interminable liste des réunions de ce genre qui se succèdent depuis tant d'années sans le moindre

2. www.who.int/features/qa/indoor-air-pollution/fr/

effet positif pour quiconque – hormis bien sûr les lobbyistes qui y pullulent et prospèrent sur l'atmosphère anxiogène qu'ils savent si bien entretenir. Mon pays verrait d'un bon œil que ces réunions prennent définitivement fin. La Russie estime que ces coûteuses réunions non seulement détournent la communauté internationale des vrais problèmes, mais aussi qu'elles sont le prétexte à de multiples ingérences. Votre avancée scientifique va donc nous être fort utile. Nous sommes à présent des alliés objectifs. Je vous propose donc d'accompagner la délégation russe à Lisbonne. Elle mettra à votre disposition tous les moyens nécessaires pour faire valoir l'importance de vos travaux.

— Pardonnez-moi monsieur le Président, demanda gauchement Nalliens, nous sommes très honorés de votre invitation, bien sûr, mais la Russie ne manque pas de chercheurs de talent qui sauront tout aussi bien que nous expliquer la teneur générale des travaux de notre institut. Par exemple nous accueillons depuis six mois deux chercheurs de l'université de Moscou qui...

— Taratata, pas de modestie mal placée, monsieur Nalliens. Nous parlons d'une découverte qui est due à vous et à vous seul. Que dirait-on si un Russe était le premier à évoquer une découverte à laquelle il n'a pas pris part mais qui sert comme par hasard les intérêts de son pays ? Nos contradicteurs auraient beau jeu de trouver cela suspect.

Nalliens hocha la tête en signe d'assentiment.

— Le monde réel est plus violent que dans un laboratoire de recherche, monsieur Nalliens. Nulle divinité puissante et bonne ne descendra du ciel pour défendre vos résultats, si incontestables qu'ils soient. Vous n'allez pas tarder à vous apercevoir qu'il ne suffit pas d'avoir raison pour gagner, ni de bien manier la rhétorique pour convaincre. Vous aurez besoin d'alliés solides, que vous le vouliez ou non. Si vous vous lancez seuls dans la bataille, la bombe que vous portez vous explosera à la figure. J'ai travaillé dans les services de renseignements et je connais donc fort bien les méthodes de certaines organisations. Vous ne me croiriez pas si je vous donnais des exemples au sujet de certaines que vous regardez sûrement comme animées des meilleures intentions. Sachez-le : vous allez être l'objet d'odieuses attaques. On fouillera les poubelles de votre passé. On dénichera des erreurs mineures dans vos anciens travaux et on les montera en épingle. On dressera de vous le portrait psychologique d'une personne instable. On trouvera des voisins pour se plaindre de comportements suspects imaginaires. On exhumera les griefs de vos anciennes petites amies. On retrouvera des propos équivoques que vous aurez tenus sur les réseaux sociaux. On vous mettra sur le dos les histoires les plus sordides, inventées bien sûr, mais qui feront leur effet sur votre réputation. Personne ne peut résister seul à ce genre de pression.

Sonneyer songea que Poutine sentait que Nalliens était le maillon faible. Celui qui pouvait se laisser convaincre.

— Nous avons assez de programmes scientifiques avec la Russie pour trouver un prétexte justifiant notre présence parmi vous, reprit Nalliens qui s'étonna de sa propre audace. En échange…

— En échange, reprit le Président russe sans se départir de son calme glaçant, vous n'aurez aucun mal à instruire les scientifiques de mon pays. Ils sont sceptiques depuis bien longtemps sur l'alarmisme climatique occidental. Je leur parlerai personnellement. Vous aurez à vos côtés une diplomatie agissante et aguerrie, qui saura faire front et vous offrira tous les relais nécessaires pour porter la bonne parole.

En entendant ces allusions transparentes à des pressions politiques sur des chercheurs, Nalliens eut la certitude que c'est le diable en personne qui venait lui proposer un pacte faustien.

— Vous avez le droit de ne pas apprécier ce que je représente, dit Vladimir Poutine comme en écho à ces pensées. Je sais comment la propagande occidentale aime dépeindre la Russie. Vous pensez peut-être que tout cela n'est qu'un vil calcul politique, mais peu importe ce qu'il en est de la pureté de mon âme. Contentons-nous d'un accord entre adultes. Ce que je vous apporte est énorme : l'assurance de ne pas être seuls.

L'un des traits les plus connus du diable est son pouvoir de séduction, songea Sonneyer. Il en avait là une nouvelle démonstration. À son corps défendant, le directeur voyait en Poutine le premier homme politique dont les propos lui inspiraient le respect et l'estime. Une première, pour lui qui hantait les lambris des ministères depuis si longtemps.

— Prenez le temps de la réflexion, conclut le Président russe. Je suis sûr que vous ferez le bon choix. La conférence est dans dix jours, votre place sera réservée jusqu'à la dernière minute. Messieurs, permettez-moi de vous redire mes regrets pour le caractère précipité de cette discussion. J'espère vous témoigner bien vite de vive voix toute ma reconnaissance. Je vous souhaite une bonne journée.

À ces mots, le contact fut coupé, donnant à Nalliens le sentiment de se réveiller en sursaut. Les deux mystérieux hommes étaient toujours là, comme si leur mission était de démontrer par leur présence que tout cela n'était pas un rêve.

L'un d'eux tendit une carte de sa main gantée.

— Voici l'adresse de la librairie *Rossiïa.* Rendez-vous-y n'importe quand. Vous direz que vous avez un congrès important à Lisbonne mais pas de chambre d'hôtel. Le libraire comprendra. Il parle français, mais si le cœur vous en dit n'hésitez pas à profiter de l'occasion pour pratiquer votre russe, monsieur Sonneyer.

Celui-ci avait passé trois ans en mission à Moscou quelques années auparavant.

— À présent que notre mission est terminée, ajoutèrent les deux hommes tout en se préparant à disparaître comme ils étaient venus, permettez-nous ce dernier conseil : ne perdez pas votre temps à nous traquer. En plus de votre étiquette à venir de négationnistes du climat, vous n'aurez pas besoin que les réseaux sociaux vous collent celle de paranoïaques chasseurs d'espions.

La subtile menace que voilà, songea Sonneyer. Décidément les Ruskoffs ne changeraient jamais.

13. Avant l'éruption

— Nous surveillons la région depuis le tremblement de terre de l'an passé, monsieur le Président. Selon nos spécialistes, c'est un tremblement de terre similaire qui avait été la cause, quelques mois plus tard, de l'éruption du Pinatubo en 1991 aux Philippines. Le réseau d'observation de la cordillère néovolcanique qui traverse le pays a donc pu rapidement nous transmettre l'alerte. Les nouvelles ne sont pas rassurantes.

Le Ceboruco, un stratovolcan endormi depuis un bon siècle à l'extrême ouest de la Sierra Nevada, au Mexique, semblait bien disposé à se réveiller.

— Malgré tout, précisa un obséquieux conseiller, vous pouvez constater que nous avons pris tout un luxe de précautions.

À peine les premières fumerolles étaient-elles apparues au-dessus du volcan que déjà certains responsables administratifs ouvraient leurs parapluies, songea le chef de l'État mexicain.

— L'éruption est pour quand ? demanda-t-il.

— Il nous est impossible de le savoir précisément, reprit l'expert. La seule chose de sûre, c'est que c'est pour bientôt. Nous n'avons peut-être que quelques jours devant nous.

Le Président dessina mentalement des cercles autour de la grosse punaise rouge placée à l'endroit du Ceboruco sur la grande carte qui recouvrait le bureau.

— Un peu plus de six cents personnes vivent à moins de cinq kilomètres du volcan, expliqua l'un des conseillers. Avec votre permission, nous allons immédiatement envoyer des camions et du matériel pour nous déployer sur le secteur et commencer l'évacuation. Un mot de vous et nous déclenchons l'opération.

— D'accord, dit le Président. Vous ferez le nécessaire dès la fin de cette réunion.

Soulagé de recevoir cet ordre, le chef de la protection civile se tourna vers son second :

— Vous préviendrez le quartier général de la région de Jalisco, lui dit-il. Vous avertirez aussi les zones militaires de Tepic et de La Mojonera pour leur dire que nous aurons besoin de véhicules de transport de civils. Le gros des troupes se positionnera à Jala et à Ahuacatlán, mais vous ferez placer aussi une petite unité dans le village de Marquezado. Il faudra au moins deux hélicoptères pour survoler le secteur en permanence. Bien sûr, pensez à faire préparer des centres d'accueil, ainsi qu'une unité de soins médicaux. Les camions devront être prêts à prendre la route dans une heure. Toute la population devra avoir été prévenue avant la fin de la matinée.

— À vos ordres.

De son côté, le Président donna des instructions pour faire prévenir au plus vite les autorités locales de l'État du Nayarit, sur le territoire duquel se trouvait le volcan. Il fit également programmer à son agenda du jour un échange téléphonique avec le gouverneur. De son côté, le ministre des Communications et des Transports notait ses dispositions pour que journaux, radios, télévisions et réseaux sociaux se fassent sans tarder les relais de l'événement, et pour que l'accès aux routes avoisinantes soit fermé. La nationale 150, bien sûr, qui passait tout près du volcan, mais aussi le tronçon de l'autoroute Jala-Compostela qui ne passait à peine qu'à l'extérieur de la zone des cinq kilomètres.

— Voyez-vous d'autres dispositions à prendre dans l'immédiat ? demanda le Président.

— Pour le savoir, nous avons besoin d'informations plus précises sur la nature de l'éruption qui nous attend, répondit l'un des experts du centre de surveillance sismique. Le professeur Claudia Vivacido est au courant de ce qui se passe. Elle participe en ce moment à un programme d'échange scientifique avec les États-Unis. Elle m'a dit que nous pouvions l'appeler à n'importe quelle heure pour un point complet.

— Qu'attendiez-vous pour nous le dire ? s'impatienta le Président. Contactez-la immédiatement, il n'y a pas de temps à perdre !

Penaud, l'expert se saisit de son ordinateur et, un instant plus tard, la liaison vidéo était établie.

— Madame le professeur ? dit-il. Je suis avec le Président dans la résidence officielle de Los Pinos, avec les ministres et les personnes impliquées dans la gestion de l'éruption du Ceboruco. Vous m'avez dit que vous obtiendriez très bientôt des informations précises à partir des données recueillies par les agences spécialisées des États-Unis.

Très brillante sismologue, Claudia Vivacido était l'invitée d'un prestigieux programme d'échange dans une université américaine. Pressentie depuis plusieurs mois pour piloter prochainement la création au Mexique d'un très important centre d'études sur les géosciences, elle n'était une inconnue pour personne dans la salle de réunion.

— Bonjour à tous, entama-t-elle d'un ton qui ne s'embarrassa pas de salamalecs. Les analyses sismographiques montrent un regain d'activité sismique sur la zone à l'ouest de Guadalajara, là où se trouve le Ceboruco. Il y a quelques jours cette activité se situait encore à 10 kilomètres de profondeur. Depuis, elle est remontée à 3 kilomètres à peine de la surface. Ces dernières heures, elle est redescendue à 5 kilomètres.

— Cela signifie-t-il qu'il y a une chance pour que les choses s'arrangent ?

— Hélas non, monsieur le Président. Il est inévitable que le Ceboruco entre très bientôt en éruption. Il va faire de sacrés dégâts.

— Nous venons de définir une zone d'évacuation de cinq kilomètres de rayon autour du volcan, dit l'un des conseillers.

Les yeux de Claudia Vivacido s'écarquillèrent, sa mâchoire s'ouvrit sous l'effet de la consternation.

— Pardonnez-moi, dit-elle, mais je ne suis pas sûre que nous nous comprenions très bien. Il est question d'une éruption potentiellement majeure, dont les retombées n'auront rien à voir avec celles qu'on a tous les trois ou quatre ans avec le Colima, par exemple. Cette fois, il faut parler en *dizaines* de kilomètres.

Tout le monde se figea.

— Pouvez-vous préciser ? demanda le Président.

— Nous avons peu de données historiques sur le Ceboruco, répondit la spécialiste. Il s'agit d'un volcan en activité, mais qui se trouve dans une période plutôt calme. Il n'y a que trois éruptions documentées depuis un millier d'années. La dernière, à la fin du XIXe siècle, était d'importance moyenne. Nous avons toutefois la preuve qu'une éruption s'est produite au Xe siècle avec un indice d'explosivité de 6. À titre de comparaison, c'est la même valeur que le Pinatubo en 1991. El Chichón, lui, n'avait atteint que le niveau 5.

Certains ne l'avaient pas vécue, d'autres étaient trop jeunes pour en avoir gardé le souvenir, mais tous n'en frémirent pas moins à l'évocation d'El Chichón. Son éruption en 1982 avait été une catastrophe pour toute une région habitée par les Indiens Zoques. Plus de deux mille morts. La gestion de l'événement par les pouvoirs publics mexicains avait été catastrophique. Lorsque enfin l'armée et les secours avaient pu être déployés dans le secteur, il était trop tard : l'éruption était terminée et ses effets immédiats dissipés. Ce désastre avait conduit à la mise en place, en 1986, d'un réseau de surveillance plus moderne.

— Plusieurs dizaines de kilomètres ? Mais alors, cela signifie…

— … que les évacuations ne vont pas concerner seulement quelques villageois avec leurs chèvres, dit Vivacido, mais que cent mille personnes au moins sont menacées. Et si l'éruption se révèle encore plus forte, ses effets s'étendront sur près d'une centaine de kilomètres. De plus grosses agglomérations seraient alors touchées : Compostela, Tepic, peut-être Puerto Vallarta…

Chacun élargit mentalement sur la carte le cercle autour du Ceboruco. Soudain, non loin de la frontière définie par Vivacido, un gros point correspondant à une agglomération de près de quatre millions et demi d'habitants imposa sa présence à tous les regards.

— Guadalajara ? glissa le Président dans un souffle.

— Il faudrait vraiment que l'éruption soit exceptionnellement violente, dit Vivacido. Je n'y crois pas beaucoup, mais il est probable que les habitants vont avoir peur. La décision pour Guadalajara sera avant tout politique. Mais même sans cette hypothèse extrême, la zone comporte plus d'un million de personnes.

L'accablement s'abattit sur les esprits. Le chef d'état-major laissa choir ses mains sur ses genoux.

— Monsieur le Président, dit-il, notre pays ne dispose pas des moyens nécessaires pour faire face. Il va falloir…

Couardise ou diplomatie aidant, il se dispensa de finir sa phrase. Tout le monde avait compris que les États-Unis allaient devoir être appelés à l'aide. C'était le seul pays dont l'armée disposait des capacités de projection opérationnelles adéquates.

Or les relations avec le puissant voisin du nord étaient exécrables. Les joutes verbales entre les deux pays venaient d'atteindre des niveaux qui inquiétaient les chancelleries. Certains éditorialistes en étaient à évoquer le souvenir de la guerre américano-mexicaine de 1846-1848, un rapprochement excessif mais qui n'en témoignait pas moins d'une dangereuse escalade.

Les Américains ne refuseraient pas leur aide mais ne feraient pas de cadeau. Dès l'affaire terminée, ils s'empresseraient de présenter la facture pour la mobilisation de leurs unités d'intervention. Chaque dollar dépensé dans l'opération serait facturé. On pouvait faire confiance aux Yankees pour arrondir le montant total au nombre rond supérieur.

Le coût politique serait encore plus considérable. L'opposition hurlerait au scandale en constatant que la nation ne savait pas protéger elle-même ses citoyens. Au Mexique, il était difficile de plaider le caractère imprévisible d'une éruption volcanique… À distance, Claudia Vivacido perçut le flottement et sentit qu'il lui revenait de mettre les choses au point :

— Lors du dernier tremblement de terre qui a tué des centaines de personnes à Mexico, le Gouvernement a pu faire porter le chapeau une fois encore à la corruption qui règne dans l'industrie du bâtiment, et qui rend si difficile de faire respecter les normes parasismiques. Mais cette fois, si vous n'agissez pas, vous n'aurez aucune excuse.

Ces quelques mots tirèrent l'assemblée du déni léthargique insidieusement installé.

— Vous avez parfaitement raison, trancha le Président. J'appelle la Maison-Blanche.

14. La grande confrontation

Assis à côté de Nalliens, Sonneyer n'avait aucun doute que la réunion se finirait par la placardisation directe, complète et définitive de l'un des deux camps – et il comptait bien que ce ne fût pas le sien. Improvisée et sans merci : telles étaient les caractéristiques principales de la bataille à livrer au pied des tableaux de maîtres qui tapissaient les murs lambrissés de la grande salle.

Outre la présence de la Première ministre en personne, la principale modification au programme, celle dont les services du ministère de la Recherche s'étaient bien gardés de faire état, c'est que Nalliens et Sonneyer n'étaient pas reçus seuls pour ce petit déjeuner d'urgence. Les gardiens du temple de la théorie du réchauffement climatique d'origine humaine y avaient été conviés. Arrivés à quatre, ils s'étaient installés en rang serré autour de leur chef, René Rougier, président de l'Institut des sciences climatiques et météorologiques. Alors que c'est sous le sceau du secret le plus absolu que Nalliens avait accepté d'envoyer ses résultats préliminaires au cabinet du ministère, Rougier les étalait ostensiblement devant lui.

Bien entendu il était hors de question de se plaindre. Nalliens entendait déjà la voix mielleuse du sous-fifre ministériel de service lui rétorquer que nous étions entre gens sérieux, qu'il n'y avait rien à cacher à monsieur le respectable professeur Rougier, que celui-ci ne s'était bien entendu vu confier ces documents que de façon confidentielle dans le seul but de favoriser une discussion éclairée et équilibrée, que monsieur le professeur Nalliens ne devait pas y voir malice, souhaitait-il par ailleurs un sucre dans son café ?

Tout numéro un du Gouvernement qu'elle était, Valériane Becquerèse était parfaitement consciente de disposer d'un bagage scientifique qui ne lui permettrait pas de comprendre le fond de la discussion. Rougier n'en avait pas moins exigé que la réunion se tînt sous son égide.

Le principal atout de Becquerèse était son sens politique aiguisé, qui lui permettait souvent de saisir, par-delà l'écume des éléments techniques, ce qui se jouait dans les discussions ou les controverses. Elle pouvait y naviguer sans s'y noyer, d'autant plus qu'elle avait fait ses premières armes au Gouvernement en tant que ministre de l'Enseignement supérieur et de la Recherche pendant deux ans.

Jean-Pierre El Kharrabagh, le secrétaire d'État, était quant à lui le porte-serviettes du jour. En fait de science il n'en savait pas davantage que Becquerèse, mais c'était tout de même à lui qu'échoyait le rôle d'organiser cette discussion au cours de laquelle, on l'ignorait encore, chaque prise de parole ou presque serait un nouveau coup de théâtre.

Rougier et Sonneyer se connaissaient peu mais se détestaient déjà. Parfois adversaires indirects par le passé dans la course aux financements de leurs laboratoires respectifs, ils n'avaient jamais ouvertement croisé le fer. Bien des années s'étaient écoulées depuis leurs dernières publications scientifiques, mais c'était pourtant vers eux que convergeaient tous les regards. Nul autre belligérant n'avait le dixième de leur charisme, si bien que personne ne se souciait que leurs armées n'eussent pas le même nombre de fantassins. La situation évoquait celle de ces présidents de clubs sportifs qui, lors d'un match de leur équipe, raisonnent comme si d'eux seuls dépendait l'issue de la rencontre.

Sonneyer se sentait le plus fort, mais s'inquiéta de la gêne que Nalliens semblait éprouver. Ce dernier ne souhaita pas parler en premier, un honneur qui lui revenait pourtant de façon évidente. En quelques mots mal ficelés, il fit savoir à Sonneyer qu'il considérait cette réunion comme de nature politique, exercice auquel monsieur le directeur de l'institut était le plus rompu.

Sonneyer prit cette flatterie comme une autorisation de tirer le premier. Il ouvrit donc les hostilités en quelques phrases, exposant de façon magistrale les conséquences de l'expérience qui venait d'être réalisée dans son institut. Dans un numéro exceptionnel, il réussit le tour de force de démontrer aussi bien à ses adversaires qu'aux oreilles ministérielles l'extrême solidité des conclusions obtenues, le tout avec le calme olympien du scientifique à la compétence inattaquable.

— Ainsi donc, madame la Première ministre, monsieur le secrétaire d'État et très chers collègues, il est à présent définitivement établi grâce au travail patient et minutieux de l'équipe du professeur Nalliens que non seulement les rayonnements cosmiques influent sur la formation des nuages, mais, et c'est là une découverte majeure, que cette influence est tempérée par certains paramètres physiques fondamentaux à l'échelle du globe, au premier rang desquels la structure moléculaire de certaines parties de l'atmosphère. L'essentiel est qu'il s'agit fondamentalement d'une *atténuation*. Lorsque la température terrestre évolue dans un sens, un mécanisme correcteur provoque une réaction quasi immédiate du système dans le sens opposé. Mieux encore, nous savons désormais quantifier cette réaction, qui s'avère à peine inférieure en importance à la déviation initiale qui lui donne naissance. Attendu que cette atténuation tire son origine des rayonnements cosmiques et des propriétés de la magnétosphère et non des caractéristiques purement terrestres du système climatique, elle est à peu près entièrement indépendante des paramètres physiques mesurables à la surface du globe tels que la teneur atmosphérique en gaz carbonique.

Pendant ce temps, Rougier préparait sa contre-attaque. Il ne s'en prendrait pas frontalement aux arguments présentés, il n'en avait pas encore les moyens. Trop peu de temps lui avait été donné pour étudier les documents expédiés par le ministère, et sa spécialité de recherche était de toute façon trop éloignée pour qu'il puisse se les approprier aussi vite au point de donner la réplique à un Sonneyer. Sa tactique consisterait donc à dérouler les arguments traditionnels : physique de l'effet de serre, convergence des modèles informatiques sur un réchauffement à venir, accord quasi unanime des meilleurs experts internationaux.

Sonneyer, lui, croyait déjà porter l'estocade :

— ... Il est donc impossible que le réchauffement global des cent dernières années s'explique par l'accroissement des émissions anthropiques de gaz carbonique. Il est tout aussi impossible que ce réchauffement soit appelé à s'emballer les prochaines années. Si l'on ne peut pas exclure qu'au cours du siècle s'observe encore un accroissement de la température globale de quelques dixièmes de degrés – bien que j'en doute –, il est physiquement inconcevable que les choses aillent plus loin, si abondantes que soient nos émissions de gaz à effet de serre. Madame la Première ministre, monsieur le secrétaire d'État et chers collègues, voici donc une excellente nouvelle à annoncer au monde : la peur climatique qui hante nos sociétés n'a plus lieu d'être.

Comme l'on se précipite pour fermer une fenêtre avant que la pluie ne s'y engouffre, El Kharrabagh se hâta de remercier l'intervenant pour empêcher qu'un silence de plomb ne s'abatte sur la pièce.

Au moment où Rougier prenait son inspiration pour lancer la contre-attaque, le premier choc se produisit. D'un même élan, Deshuiles et Malatte, ses deux principaux assistants, lui coupèrent l'herbe sous le pied en prenant la parole d'un ton passionné :

— Si les effets des rayonnements cosmiques ne sont pas modulés que par l'activité solaire mais aussi par la magnétosphère et ses interactions avec certains gaz, alors on peut penser que les différentes couches de l'atmosphère vont jouer des rôles différents. Votre processus étant maximal à une température inférieure à – 70 °C, un endroit à regarder ne serait-il pas la mésosphère ?

Deshuiles et Malatte faisaient défection ! Jetant au loin le blason de l'alarmisme climatique, ils rejoignaient les troupes adverses avec la candeur des scientifiques honnêtes séduits par l'enthousiasmante théorie nouvelle !

Sonneyer sentit le parfum de plus en plus enivrant de la victoire. On lui servait sur un plateau une occasion en or pour déplacer une bonne fois pour toutes le champ de bataille sur des considérations annexes, ce qui permettrait indirectement de faire en sorte que l'essentiel ne soit plus discuté. Il ne fallait pas non plus négliger la tropopause, répondit-il. Bien qu'un peu trop chaude, elle était aussi plus dense. (Improvisé, ce pressentiment mettrait trois ans à être confirmé par une série d'expériences menées par une équipe internationale.)

La messe semblait dite, Rougier était dans les cordes avant même d'être monté sur le ring. Sans plus rien comprendre au fond de la discussion, la Première ministre et son secrétaire d'État ne pouvaient que constater que les belligérants s'entendaient comme larrons en foire.

— Voilà la science en marche comme on l'aime ! dit Becquerèse. Je suis ravie que cette réunion vous permette de vous accorder.

— Devant une découverte de cette importance, releva le secrétaire d'État, il ne sera pas difficile de trouver des fonds européens pour approfondir ensemble toutes ces questions. Le ministère appuiera bien sûr vos démarches auprès de nos partenaires.

El Kharrabagh pensait ainsi conclure une réunion qui avait tout d'un cas d'école de ces batailles gagnées à la manière de Sun Tzu, c'est-à-dire sans avoir dû être menées. Face au choc de la conversion éclair de Deshuiles et de Malatte, la tranquille acceptation de la nouvelle donne par les responsables politiques avait quelque chose d'étrangement logique. Peu importait, visiblement, que ces mêmes politiques se fussent commis pendant des années dans l'affaire du climat : habiles à faire face à la situation nouvelle, ils se préparaient déjà à faire oublier définitivement le sujet aux électeurs, à accorder quelques largesses à ces scientifiques pour éviter de faire des vagues, tout en se préparant au besoin à leur faire porter le chapeau du fiasco de la théorie du réchauffement climatique d'origine humaine.

— Dites donc Nalliens, chuchota Sonneyer, ça vous ferait mal de dire un mot au moment de votre triomphe, espèce de foutue tête de mule ?

Telle une épine dans son pied qui aurait choisi le plus mauvais moment pour réveiller une pénible douleur, l'intéressé refusa une nouvelle fois.

— C'est une honte ! s'écria brutalement Rougier. Tout cela n'est pas de la science ! C'est un tissu d'affirmations indéfendables !

Enfin la contre-attaque. Il fallait s'y attendre.

— Monsieur Rougier, nous sommes ici entre gens de bonne compagnie, coupa Becquerèse d'un sourire charmeur, bien décidée à garder la situation sous contrôle. Dites-nous donc ce qui vous tracasse.

— C'est bien simple : rien de ce que nous venons d'entendre n'a la moindre valeur scientifique ! Nous n'avons affaire qu'à une série d'hypothèses gratuites hâtivement empilées les unes sur les autres ! Une construction intellectuelle fondée sur une seule expérience, à laquelle on peut apporter quantité d'explications sans rien remettre en cause de ce que nous savons ! Enfin voyons, est-ce de cette manière que se fait la recherche scientifique ? Deux post-docs – d'ailleurs curieusement absents de cette réunion – consignent quelques résultats préliminaires, et à peine quelques heures plus tard, avant toute espèce de vérification sérieuse, nous voilà sommés d'en accepter sans discuter les conclusions griffonnées sur un coin de papier ? Ce n'est tout simplement pas sérieux. Madame la Première ministre, monsieur le secrétaire d'État, j'ignore ce que signifie ce cirque, mais il n'a rien à voir avec la science véritable, celle que je pratique depuis plus de trente-cinq ans, et qui me permet d'affirmer que rien, je dis bien rien, de ce qui vient de nous être présenté ne pourra remettre en question le consensus sur l'évolution du climat. N'importe quel climatologue, n'importe où dans le monde, vous le confirmera.

Rougier se hâta de préciser que madame la Première ministre n'avait bien entendu rien à se reprocher, que son initiative était tout à fait compréhensible, et que toute la faute incombait à ces messieurs de l'institut, qui avaient agi de façon fort peu confraternelle, voire irrespectueuse, pour ne pas dire discourtoise.

Deshuiles et Malatte, peu désireux de devoir rendre compte de leur mutinerie, reformulèrent quelques-unes de leurs remarques de façon à y mettre le ton d'un questionnement plus serré. Sonneyer prit acte qu'il n'avait plus les moyens de maintenir la ligne de front aussi loin que sa formidable percée initiale le lui avait laissé espérer.

Becquerèse leva les mains pour intimer le silence à tous. Sa fonction, tout comme son autorité naturelle renforcée par le contraste entre sa tenue austère et son charme efficace, aimantèrent les regards. Ces questions étaient complexes et méritaient un examen approfondi. Il faudrait consulter, organiser des rencontres entre scientifiques et décideurs, évaluer cette éventuelle direction nouvelle de recherche qui, loin de s'opposer à l'ancienne, devrait la compléter dans un esprit pluridisciplinaire fondé sur le respect mutuel. Le Gouvernement ne manquerait pas de jouer son rôle de facilitateur pour que décideurs comme citoyens disposent à chaque instant des meilleures informations. Chacun des présents devait se sentir le bienvenu pour d'autres réunions avec les services du ministère de la Recherche.

En des temps ordinaires, chacun des protagonistes aurait convenu, en bougonnant mais avec déférence, que madame la Première ministre avait parfaitement raison. Ç'aurait été la mi-temps, chacun aurait ressoudé ses troupes en attendant la reprise de la confrontation.

Mais les temps n'étaient pas ordinaires.

— Avec tout le respect que je vous dois, madame la Première ministre, ce ne sera pas nécessaire.

Formulés d'une voix calme et douce, ces mots infligèrent à l'assemblée un gigantesque coup de fouet. L'auteur de la découverte, le seul qui n'avait pas encore pris la parole, se manifestait enfin. Sonneyer eut raison de redouter le pire. Ce qu'allait dire Nalliens, personne ne l'aurait imaginé.

15. Un soutien encombrant

La matinée avait pourtant bien commencé pour le Président mexicain avec ce travail préparatoire sur la prochaine conférence internationale à Lisbonne sur le dérèglement climatique. L'éruption prochaine du Ceboruco rendait l'événement particulièrement opportun, car elle allait lui offrir une belle tribune pour appeler à l'aide.

Certes, il n'était pas complètement exclu que certains participants soient au courant qu'une activité volcanique n'avait rien à voir avec le climat. On pouvait toutefois compter sur la masse beaucoup plus grande de ceux qui se pressaient à ce genre de conférences et méconnaissaient à peu près tout du fond scientifique, y compris ses éléments les plus simples. Il ne fallait jamais sous-évaluer la capacité des négociateurs à avaler les plus grandes idioties, notamment lorsque celles-ci allaient dans le sens du pire. Un ancien Président français n'avait-il pas dit[1] puis répété devant les Nations unies[2], contre toute évidence scientifique, que les changements climatiques causaient tsunamis et tremblements de terre ? Personne à l'époque n'avait réagi, pas plus chez les diplomates que chez les scientifiques.

Puisqu'il était donc possible au plus haut niveau de relier au climat tout et surtout n'importe quoi, il n'y avait aucune raison de se priver de dépeindre les futurs déplacés du Ceboruco en « réfugiés climatiques » si cela permettait d'attirer quelques subsides. Avec un peu de chance, le Ceboruco entrerait en éruption pendant la conférence elle-même, ou juste avant, offrant un effet médiatique maximal.

Le Président et ses conseillers avaient mis au point leurs éléments de langage pour rapprocher au mieux le champ sémantique d'une éruption volcanique de celui d'une catastrophe climatique d'origine humaine. Il faudrait marcher sur des œufs, car le contexte mondial était tout de même moins favorable que par le passé à un engagement global réel contre le réchauffement. Les revers de plusieurs pays développés contre d'absurdes poli-

---

1. https://ph.ambafrance.org/discours-pour-l-ouverture-du-forum
2. www.youtube.com/watch?v=awIpxM0w4as

tiques de transitions énergétiques avaient refroidi les ardeurs. On ne pouvait plus tout à fait compter sur la même indulgence qui avait protégé le Président français de l'époque. Désormais, hélas, les discours se devaient d'être au moins un peu argumentés. Elle était loin, la fameuse COP21 de Paris au cours de laquelle tant de chefs d'État avaient pu répéter des slogans vides sans que personne ne vienne bêtement leur reprocher d'avoir dit n'importe quoi.

Un minimum de rhétorique permettrait tout de même de faire avaler sans trop de mal une forme d'identité de nature entre le Ceboruco et le climat. Comme argumentaire scientifique on rappellerait que les épais nuages de fumée à venir, emblème facile à photographier sous toutes ses coutures, contiendraient de grandes quantités de CO_2. Rien à voir avec les émissions humaines, mais peu importe : les images de désolation rendraient vite indécentes les questions trop savantes. À peine le mot « CO_2 » prononcé, la démonstration serait considérée comme faite.

Il faudrait éviter l'expression « catastrophe naturelle », peu propice à la culpabilisation. On parlerait de « tragédie environnementale », le tragique étant le propre de l'homme et l'environnement solidement connoté à l'idée de pollution humaine. Autour de la table, les expressions courantes du registre de la peur climatique avaient été consciencieusement épluchées : « urgence », « action nécessaire », « avenir collectif », « biens communs »...

Tout se préparait donc de la meilleure des façons, jusqu'à ce que le Président mexicain soit mis en contact téléphonique avec son homologue américain pour évoquer l'aide à apporter pour l'évacuation de la zone autour du Ceboruco.

Et la descente aux enfers commença.

« Bien sûr que nous allons vous aider à faire face à l'éruption », rappelait le Président américain d'une voix décidée et presque joyeuse. Il allait immédiatement prévenir l'armée et la sécurité civile, et les faire se préparer à projeter toutes les forces nécessaires pour porter assistance aux populations. Dès aujourd'hui pouvait se tenir un conseil de défense commun aux deux pays. Celui-ci formulerait des propositions concrètes qui n'auraient plus qu'à être validées par décret par le Mexique. Un avion de l'US Air Force était prêt à décoller pour emmener les ministres mexicains à Dallas, où ils seraient reçus sans attendre par l'état-major qui leur expliquerait ses plans. Dès la réunion terminée, une conférence de presse conjointe serait tenue pour sceller cette solidarité interaméricaine face à l'adversité. C'était un honneur pour l'armée des États-Unis que de contribuer à la sauvegarde de ses frères du sud. De la tragédie qui s'annonçait, les deux nations tireraient l'occasion d'une amitié nouvelle, fondée sur la confiance et la mutuelle assistance. Les forces spéciales seraient en place dans moins de vingt-quatre heures pour sécuriser et évacuer. Que le volcan laisse encore trois jours de répit et seules des pertes matérielles seraient à déplorer.

La Maison-Blanche avait donc tout prévu pour faire du Mexique un temporaire cinquante et unième État des États-Unis, voire un simple district du Texas. Le grand frère du nord allait condescendre à mettre sa puissance au service de l'impuissance du petit frère du sud, dont les troupes se verraient réduites à un rôle de coordination et d'assistance. Gradés comme militaires du rang ne pardonneraient jamais un tel affront.

Le Président lui-même ne serait qu'une vulgaire marionnette à qui l'état-major américain dirait quoi faire. Il se débattit longuement dans le bourbier des vexations à venir. Les mots de Vivacido, sa brillante scientifique qui lui avait donné la voie à suivre, résonnèrent à ses oreilles en guise de consolation. Elle lui avait indiqué la seule voie en accord avec ses principes. Il prenait la bonne décision pour le bien de son peuple, et il ne serait jamais réélu.

16. Après la bataille

Sonneyer hésitait entre fureur et perplexité, allant et venant sur le trottoir, fulminant contre son chauffeur qui n'arrivait pas. Nalliens, lui, restait immobile, l'œil fixé sur l'horizon, mettant un point d'honneur à se démarquer de toute agitation.

— Nom de Dieu Nalliens, vous allez me dire ce qui vous a pris ?

Le directeur de l'institut avait de bonnes raisons d'être furieux. L'impensable s'était produit : devant la Première ministre et face à leurs adversaires, bien loin d'appuyer les arguments de son directeur au moment opportun, Nalliens avait annoncé qu'après réflexion il jugeait prématuré de tirer trop de conclusions sur l'origine du réchauffement climatique sur la seule base de ses propres résultats.

Rougier, le « réchauffiste en chef » selon le sobriquet dont l'affublait désormais Sonneyer, n'avait pas manqué la fenêtre de tir, et avait mené une vigoureuse contre-attaque qui avait eu tôt fait d'annuler le succès de l'assaut initial de Sonneyer. À l'heure qu'il était, Rougier devait bien rigoler.

— Je regrette mais un scientifique se doit d'être prudent, répondit finalement Nalliens dans un calme et un détachement des plus travaillés. Nous avons mis au jour un mécanisme, mais nous ne savons pas exactement comment il se produit dans l'atmosphère réelle. Nous n'avons aucune idée d'où les choses se passent. La mésosphère, j'y ai pensé moi aussi, mais on en sait trop peu sur cette région. Le mieux est de s'abstenir en attendant d'y voir plus clair.

— Vous savez comme moi que ce sont des détails ! s'emporta Sonneyer en couvrant le bruit de la rue. La vérité c'est que vous faites dans votre froc et que vous enculez les mouches pour ne pas que ça se voie !

La victoire n'avait désormais plus aucune chance d'être facile. Elle pouvait même leur échapper si cette lopette de Nalliens ne se ressaisissait pas très vite.

— Et ce foutu chauffeur qui n'arrive pas ! s'emporta encore Sonneyer. Je lui avais pourtant dit de ne pas se garer trop loin ! Laissons tomber. Venez Nalliens, j'ai besoin d'un café.

Quelques instants plus tard, les deux hommes étaient assis autour de deux tasses aux fumées parallèles qui appelaient à la trêve. Nalliens s'affaissait sous le poids de sa journée commencée au milieu de la nuit, tandis que Sonneyer sentait sa poussée d'adrénaline se dissiper.

— Nalliens, entama-t-il d'un ton conciliant, ne me dites pas que vous m'avez cru quand je vous ai chambré ce matin avec la superposition des spectres. Je sais bien que c'est du lourd, ce que vous avez trouvé. Vous venez de finir de valider la théorie de Svensmark et les arguments de Vince. Grâce à vous, ils auront le prix Nobel dans deux ans maximum. Vous ne l'aurez peut-être pas en même temps qu'eux, mais vous allez entrer par la grande porte à l'Académie des sciences. Sauf évidemment si vous vous déballonnez.

Sous l'effet de la fatigue plus que des assauts de son directeur, Nalliens parvenait de plus en plus mal à dissimuler ce qu'il ressentait. Il gardait le silence, mais Sonneyer pouvait maintenant mieux lire sur son visage.

— Nalliens, pourquoi tenez-vous tant que ça à tout foutre en l'air ? Parce que c'est bien ce que vous voulez faire, n'est-ce pas ? J'ai commencé à voir clair dans votre jeu lorsqu'il a été question de la carrière de vos deux assistants. Vous êtes trop impatient de les envoyer au diable vauvert. Pas pour les évincer, non, ce sont vos résultats que vous voulez enterrer. Vous êtes le premier type dans l'histoire des sciences qui essaye de torpiller ses propres travaux au moment précis où ils donnent quelque chose. J'entrevois pourquoi, mais j'aimerais que ce soit vous qui me le disiez.

Buté, Nalliens refusa de s'exécuter. Il garda ses yeux dans le vague et ses lèvres serrées.

— Vous me le devez, Nalliens. Je vous ai toujours soutenu, même si vous ne m'aimez pas. Je ne vous aime pas non plus, pourtant vous pouvez compter que je vous botte le train pour vous faire entrer à l'Académie des sciences. Avant moi. Alors que je suis un meilleur scientifique que vous.

La seule réaction qu'il obtint fut un bref rire ironique.

— Comme vous voudrez, reprit Sonneyer. Faites votre tête de mule, je vais parler à votre place.

L'instant de silence qui suivit, en forme d'ultime tentative, ne desserra pas les lèvres de Nalliens.

— Vous êtes de ces chercheurs que ça embêterait de devoir aller en Suède pour recevoir le prix Nobel, entama Sonneyer, parce que ça retarderait vos projets de recherche. Un Bob Dylan de la physique. Un jour, vous avez eu vent de la théorie de Svensmark-Shaviv au sujet de l'influence des rayonnements cosmiques sur le climat terrestre *via* la formation des nuages. Comme tout le monde dans notre cercle, vous en avez entendu parler il y a quelques années, notamment quand Svensmark a publié les résultats de SKY, sa fameuse expérience qui a fait tellement plaisir aux climatosceptiques alors même que tout le monde savait qu'il y avait encore pas mal de trous dans la raquette. Les climatologues du GIEC n'avaient pas manqué de s'y engouffrer. Svensmark lui-même avait fini par douter. Tout était donc pour le mieux dans le meilleur des mondes réchauffistes, jusqu'à…

— Auriez-vous l'obligeance de cesser d'utiliser cette injure de « réchauffistes » au sujet de nos collègues ?

— Oh ! Je vous prie de bien vouloir m'excuser ! Eux peuvent passer leur temps à traiter de révisionnistes, d'écocidaires ou de criminels contre l'humanité ceux qui ne marchent pas dans leur combine, mais vous avez raison : il ne faudrait pas brusquer ces petits choux. Auriez-vous la bonté de me dire de quelle manière il convient de les appeler ?

Nalliens ne laissa pas paraître qu'il accusait le coup. Il n'avait jamais pensé qu'il n'existait aucun terme neutre pour désigner les tenants de la théorie d'un réchauffement climatique d'origine humaine.

— Les climatologues, tout simplement, décida-t-il finalement. Nos collègues.

— Ce sont *des* climatologues, pas *les* climatologues, et vous le savez très bien. Dans leurs rangs il y a un tas de gens compétents qui ne marchent pas dans la combine. Dois-je vous citer Richard Lindzen[1] ? Judith Curry[2] ? Roy Spencer[3] ? John Christy[4] ? Sans parler de tous ceux qui ont prudemment choisi de la boucler.

Sonneyer dut se retenir pour ne pas se lancer dans une diatribe enflammée contre la veulerie de tant de scientifiques, de tant de responsables politiques et de tant de journalistes qu'il avait si souvent entendus exprimer leurs doutes en privé mais qui, face aux collègues, aux micros ou aux communiqués de presse, se soumettaient servilement à l'air du temps.

---

1. www-eaps.mit.edu/faculty/lindzen.htm
2. https://judithcurry.com
3. www.drroyspencer.com
4. www.uah.edu/science/departments/atmospheric-science/faculty-staff/dr-john-christy

— Revenons à nos moutons, dit-il. Fin 2017, Svensmark publie dans *Nature* un papier qui remet sa théorie en selle[5] et donne des cauchemars à nos *collègues-les-climatologues*. Il y a encore de la poussière sous le tapis, mais cette fois l'affaire devient vraiment sérieuse, d'autant que Courtillot y va de sa propre louche à partir de 2021 en faisant entrer pour de bon dans la danse les cycles solaires, le géomagnétisme et les variations de la vitesse de rotation terrestre. Face à tout ça arrive Schwarz qui, en 2025, redonne un gros coup de matraque aux climatosceptiques, sans parvenir toutefois à dissiper tous les doutes. C'est là que vous entrez en scène, en montant un projet de recherche qui doit trancher une fois pour toutes. Votre texte de présentation est prudent, mais entre les lignes on sent que vous penchez en faveur de Svensmark-Shaviv et Courtillot. Vos soucis personnels vous éloignent au mauvais moment, ce qui vous oblige à laisser à vos assistants le soin de mener l'expérience. J'ai pris un moment tout à l'heure pour discuter au téléphone avec eux deux, l'air de rien. Figurez-vous qu'ils

5. H. Svensmark *et al.*, « Increased Ionization Supports Growth of Aerosols into Cloud Condensation Nuclei », *Nature Communication*, vol. 8, article number : 2199 (2017).

ont remarqué que vous étiez anormalement nerveux, au *Café Phil.*

— C'est pour eux que je m'inquiète. Il faudra que nous en parlions. Leur carrière est menacée.

— Quand on tient un truc pareil après lequel on court depuis vingt ans, on n'a pas peur pour ses post-docs. On sait qu'on contribue à les lancer.

— Un Rougier n'en fera qu'une bouchée. Regardez comment ses deux sbires de tout à l'heure, Deshuiles et Malatte, se sont dégonflés à la première occasion.

— N'exagérez pas le pouvoir de nuisance de nos adversaires, Nalliens. Même le *Journal of Climate*, revue scientifique on ne peut plus réchauffiste, a publié sans broncher l'article de Lewis et Curry sur la sensibilité climatique[6]. Un très bon papier, soit dit en passant, qui montre que même si on marche dans la théorie du GIEC il n'y a pas moyen de réchauffer la Terre de plus de quelques pouillèmes de degrés, y compris en brûlant tout le pétrole possible et imaginable. La science est freinée parce qu'instrumentalisée, mais elle avance quand même. Petit à petit, les erreurs

6. N. Lewis et J. Curry, « The Impact of Recent Forcing and Ocean Heat Uptake Data on Estimates of Climate Sensitivity », *Journal of Climate*, août 2018.

se corrigent. Il reste suffisamment de collègues raisonnables dans les labos. D'ailleurs, vos résultats ne portent pas que sur le climat. Si ça vous chante, vous pourrez les présenter sans un mot sur l'effet de serre ou la poêle à frire, et même clamer vos craintes pour l'avenir de la planète. Après tout, c'est bien ce que Zhu a fait après avoir pourtant publié dans *Nature Climate Change* que, en trente ans, la Terre a verdi de l'équivalent de 18 millions de kilomètres carrés principalement grâce à l'apport de CO_2 dans l'atmosphère[7].

Sonneyer marqua un temps de silence pour renforcer son effet.

— Que vos post-docs aient un peu peur, je le conçois. Mais vous, non. Vous n'avez aucune raison de torpiller un si beau travail.

— En effet, se défendit Nalliens. D'ailleurs je ne l'ai pas fait.

Sonneyer plissa les yeux pour sonder longuement l'âme de son vis-à-vis.

— Vous ne me dites pas tout, Nalliens, je le sens. Je flaire ce genre de choses à un kilomètre. N'oubliez pas que je côtoie les politiques depuis plus de vingt ans.

7. Z. Zhu *et al.*, « Greening of the Earth and its drivers », *Nature Climate Change*, vol. 6, 791-795 (2016).

Il fit un geste au serveur pour commander un autre café.

— Vous avez remarqué ? dit-il. La librairie des barbouzes à Poutine, là où ils nous ont donné rendez-vous pour accompagner les Russes au barnum climatique de Lisbonne, est à deux rues d'ici. Drôle de coïncidence. Voilà peut-être un signe du destin.

Puis, sur un ton complice :

— Et si on y allait ?

— Non.

— Vous croyez que je vais me vendre à une puissance étrangère ?

— Je crois surtout que vous n'avez pas mis longtemps à envisager de vous faire le relais de Poutine.

— Je vais y aller avec les Russes à la condition expresse que ce soit leur Académie des sciences qui m'y invite tous frais payés. Ce sera plus prestigieux pour nous.

Nalliens, qui n'avait pas saisi l'ironie, redressa la tête. Tous deux savaient pertinemment que l'étoile de l'Académie des sciences de Russie avait fortement pâli ces dernières années. Quelques hauts fonctionnaires s'étaient arrangés pour s'y faire élire alors que leurs états de service dans le monde de la recherche étaient fort loin de justifier de telles promotions. Poutine lui-même avait dû y mettre bon ordre lors de l'une de ces réunions musclées dont il avait le secret[8].

— Les Russes pourraient quand même bien finir par nous surprendre, dit Sonneyer. Mine de rien, quand on compare les modèles climatiques aux observations, le seul qui ne soit pas complètement foireux c'est quand même bien le leur.

— Le modèle INM-CM4, convint Nalliens. Il est le seul à saisir ce qui se passe au niveau de la zone clé, la troposphère intertropicale[9].

— Ces conférences sur le climat coûtent un pognon de dingue en notes de frais, expliqua Sonneyer. On en tiendrait pour plusieurs milliers d'euros. Je connais l'administration, le matériel détruit cette nuit ne nous sera que partiellement remboursé, on va avoir un gros trou dans la caisse. Alors je préfère que l'argent qui nous reste finance les déplacements de deux ou trois de nos chercheurs pour des colloques. C'est ça, pour moi, avoir foi en la science. Nous sommes très différents vous et moi, mais je veux croire que, sur ce point, nous sommes faits du même métal.

---

8. www.youtube.com/watch?v=WXAWuMcMM3c
9. https://youtu.be/neIvOvNRgKE

Nalliens se renfrogna à nouveau. Le rapprochement sur la pertinence des modèles n'avait été qu'éphémère.

— Poutine vous a bien cerné, jeta un Sonneyer déçu. Il a raison, vous n'avez pas l'étoffe. Il s'est juste trompé sur un point : il voyait en vous un scientifique intègre, alors que vos opinions politiques vous mènent par le bout du nez.

Une nouvelle fois, tout comme au *Café Phil*, Nalliens dut réprimer la nuée d'images qui se pressaient en lui tel un essaim furieux. Sa fille le maudissait, son directeur l'attaquait… il ployait mais tenait bon. Son heure viendrait.

Le téléphone de Sonneyer vibra, rendant un son caverneux produit par l'espace sous la table sur laquelle l'engin était posé. En une exacte réplique de ce qui s'était produit plus tôt ce matin à l'institut, Sonneyer décrocha, ne dit pratiquement pas un mot, figea son visage, et planta son regard sur Nalliens avant de raccrocher.

— C'était Bob, le responsable informatique, dit finalement Sonneyer d'une voix lourde de sous-entendus. Les données de votre expérience de cette nuit ont été effacées du serveur. Aucun piratage, mais un seul compte actif à ce moment-là. Le vôtre, une fois de plus.

Un silence de plomb s'abattit. Cette fois, le regard de Sonneyer se fit dur et accusateur.

— Alors tous les résultats de l'expérience sont perdus, dit Nalliens d'un ton inquiet. Il faudra des mois pour remplacer le matériel détruit. Et encore des mois pour tout remettre en route. Il faudra refaire un dossier de demande de financement, repasser par la commission pour embaucher des assistants…

— … ce qui veut dire que tout va être repoussé aux calendes grecques, termina Sonneyer. Sachant que nous étions les seuls sur le coup et que personne ne va se risquer trop vite à essayer de nous concurrencer, les résultats de cette nuit n'ont maintenant plus aucune chance d'être retrouvés avant plusieurs années.

Après un temps, il ajouta, l'œil toujours plus méfiant :

— Vous voilà content, n'est-ce pas ?

Les mains de Nalliens tremblèrent.

— Désolé Nalliens, mais maintenant il faut que vous jouiez franc-jeu. Si vous me racontez tout maintenant, on arrivera peut-être à régler les choses en douceur, dans votre intérêt et celui de l'institut. En revanche si on laisse la main aux flics…

— Je n'ai rien à voir avec cette histoire de données effacées, coupa Nalliens. Ni avec l'intrusion de cette nuit à l'institut. Je ne sais pas comment on a piraté mon compte et mon badge, ni qui l'a fait, ni pourquoi. Je vous en donne ma parole.

En tombant sur la table, ces derniers mots venaient de balayer tout le reste.

— Vous me croyez ? demanda un Nalliens hésitant.

Sonneyer prit une grande inspiration, se redressa sur sa chaise et planta de plus belle son regard dans celui de son vis-à-vis. À cet instant précis, n'importe quelle réponse pouvait sortir de ses lèvres. C'est sans doute un peu par hasard qu'il choisit finalement de dire :

— D'accord. C'est dur, mais je vais faire l'effort de vous croire.

Nalliens se retint de lui dire merci.

— À une condition, ajouta Sonneyer.

— Laquelle ?

— Je veux que vous m'en disiez plus sur ce qui se passe avec votre fille. Regardez-vous Nalliens, vous avez perdu dix kilos en un mois. Considérez cette demande comme celle d'un directeur qui souhaite assurer la bonne marche de son institut, dont le plus brillant chef d'équipe traverse une passe délicate. Je vous donne ma parole que tout ce que vous me direz restera entre nous.

Sonneyer était bien la dernière personne à laquelle Nalliens aurait voulu se confier, mais il ne trouva plus la force de résister. Il lui raconta donc combien Brune avait été autrefois une fille modèle, rentrant toujours à l'heure, faisant consciencieusement ses devoirs, n'oubliant jamais de se brosser les dents. Sa mère l'avait bien élevée. Quand celle-ci était morte il y a dix ans, Brune avait continué à lui obéir. Nalliens la trouvait presque trop sage, il avait donc été content quand elle avait commencé à fréquenter des associations écologistes qui voulaient secouer l'ordre établi. Et puis, progressivement, elle s'était laissé emporter de plus en plus loin, jusqu'à en oublier ses études.

— Il y a deux mois je lui ai parlé de mes recherches, dit Nalliens. Je lui ai expliqué que mes expériences pourraient me conduire à réfuter la théorie qui voit dans les activités humaines le moteur d'un dérèglement climatique. Ça l'a mise dans une colère noire, que je ne lui avais jamais vue. J'ai alors compris à quel point le sujet était important pour elle.

Brune s'était enfermée dans un dogme. Elle *exigeait de croire* que le climat se déréglait et que c'était là la cause de tous les malheurs du monde.

— Elle s'est mise à me questionner régulièrement sur mes travaux. À chaque fois ça se finissait mal. Monsieur le directeur, je vous jure solennellement que je n'y suis pour rien dans le saccage de cette nuit, mais j'avoue qu'il m'est souvent arrivé de regretter d'avoir lancé ce projet de recherche.

— Voilà donc pourquoi vous voulez temporiser, conclut un Sonneyer radouci. Je ne vous jette pas la pierre. À votre place, si j'avais pu plaider au tribunal de la nature, je suppose que j'aurais demandé aussi à ce que ce soit Schwarz qui ait raison plutôt que Svensmark et Courtillot. Je suis père, moi aussi.

— Ce sujet du climat est une obsession collective, diagnostiqua Nalliens. Avec Brune, même quand on ne parlait pas de mes travaux, tout nous y ramenait en permanence : les programmes scolaires, les discours politiques, le magazine d'actualités de notre quartier… jusqu'à la publicité sur les boîtes de céréales du petit déjeuner !

— Eh oui, confirma Sonneyer d'une voix de vieux sage, aujourd'hui les gens peuvent crever, tout le monde s'en fout. Il n'y en a plus que pour la planète. Vous verrez que bientôt ce sont les types normaux comme nous qui devront se réfugier dans des squats. Il faudra se planquer pour s'envoyer une entrecôte, sans parler de boire autre chose que du jus de légumes bio.

— Il y a deux semaines, reprit Nalliens, ses cris ont été si violents que les voisins sont venus sonner. Elle a alors fourré quelques affaires dans un gros sac, avant de sortir en claquant la porte. Depuis, je n'ai plus aucune nouvelle. Elle ne répond ni au téléphone, ni aux messages.

Nalliens n'en dirait pas plus, tout cela était déjà bien suffisant. Il soupira comme pour finir d'évacuer tout ce qu'il venait de révéler. Sonneyer se montra convaincu. Il consulta rapidement son smartphone, envoyant un message et en recevant un autre.

— Vous serez content de savoir que Bob s'est méfié des événements de cette nuit et qu'il a eu la bonne idée de faire un back up de toutes vos données, dit-il. Tout est enregistré sur un serveur sécurisé. Votre future publication dans *Nature* ou *Science* n'a rien à craindre.

Il n'eut pas le temps d'évaluer la réaction de Nalliens, car leurs regards furent soudain captés par l'écran géant de télévision qui se trouvait non loin de leur table.

Une chaîne d'information projetait en direct des images apocalyptiques.

Après un sommeil long de mille ans, un volcan mexicain venait d'entrer en éruption.

17. L'éruption

Comme une gigantesque griffe accrochée dans le ciel, le colossal panache volcanique se dressait au-dessus du Ceboruco, horrible et menaçant. Nourrie en permanence de puissantes explosions, la bête de cendres se répandait en hideuses cataractes sombres. Une pluie de désolation s'abattait sur des kilomètres alentour, délimitant un disque de plus en plus vaste dans lequel toute vie perdait ses droits.

Les comparaisons avec les éruptions majeures des cent dernières années ne tardèrent pas dans la bouche des observateurs internationaux médusés devant l'ampleur du phénomène. Affolées par cette colère des profondeurs, les fourmis humaines s'enfuyaient en hâte du centre maléfique. Des camions militaires assuraient une évacuation qui n'avait pu être commencée qu'au dernier moment. Quinze morts avaient déjà été recensés. De nombreux autres le seraient bientôt, lorsque les noms des disparus viendraient grossir les rangs de ceux que l'on ne reverrait jamais.

— *¡Entra en el camión !*, criait le sergent Steve Jackson aux villageois apeurés qui se pressaient à l'arrière du véhicule – la « bétaillère » en argot militaire. Jackson était à peu près le seul de la troupe à même de prononcer quelques mots en espagnol. La plupart des autres membres de son unité en étaient incapables, et comprenaient d'ailleurs mal que les habitants ne parlassent pas tous anglais – on ne leur demandait pas de parler avec un accent impeccable, bien sûr, mais tout de même.

Comme prévu, les véhicules militaires qui sillonnaient la région avaient transformé le Jalisco en un protectorat américain. Les médias du monde entier, rassemblés sur les lieux de la catastrophe, aidaient à le faire savoir.

Le Président mexicain avait réuni la veille les principaux responsables de l'opposition pour les tenir informés. Le débat qui s'amorçait, bien qu'encore discret eu égard à la situation d'urgence, serait bientôt dévastateur. Faute d'argent, les pouvoirs publics n'avaient pas lancé à temps les réformes nécessaires pour faire face à ce genre de catastrophes, alors même que la majorité au pouvoir s'y était explicitement engagée dans son programme électoral. Surtout, le Président avait été incapable de freiner l'orgueil des Américains, qui avaient débarqué tels des cow-boys en pays conquis. Camions, tentes, tenues : à des kilomètres à la ronde, leur drapeau était partout. La fourmilière des militaires, médecins, journalistes et observateurs ne parlait plus espagnol.

Fidèles à leur tradition, les Américains se préparaient donc à se faire détester en venant aider. Le département d'État avait imposé ses méthodes avec la plus grande brutalité, lançant notamment un « Laissez-nous faire ! » aux autorités mexicaines qui laisserait des traces. Le Président avait dû signer un humiliant décret qui cédait pour plusieurs jours la direction des opérations ainsi que le commandement militaire à ses encombrants sauveurs. Seule la Croix-Rouge avait su sauver l'honneur, en ne reconnaissant aux autorités américaines qu'un rôle d'« assistance » et en faisant en sorte que, partout où elle était présente, son propre drapeau rivalise avec le *Stars and Stripes*.

Techniquement, le Président n'avait même pas le droit de se rendre sur les lieux de la catastrophe. Les termes de son propre décret faisaient de lui une « personnalité nécessitant des moyens matériels et humains spécifiques de nature à altérer l'efficacité des secours ». Autrement dit : le chef de l'État était *persona non grata* tout autour du Ceboruco. Il était néanmoins passé outre, se rendant sur place sans escorte et en se mêlant sans façon aux personnes réfugiées dans les gymnases, écoles et bâtiments publics hâtivement reconvertis en hôtels de fortune. Cette façon de se mêler au peuple et à ses souffrances lui valut une certaine sympathie, qui n'empêcha pas son discrédit les semaines suivantes.

La fumée qui se faisait petit à petit couverture éclipsait la lumière du jour sur des centaines de kilomètres à la ronde. Seuls les spécialistes prirent tout d'abord conscience de ce que cela impliquait. Lorsque ceux-ci alertèrent les responsables, ces derniers se hâtèrent d'en référer au chef de l'État.

— Monsieur le Président..., entama l'un des conseillers entre deux poignées de main à des habitants désemparés. J'ai eu tout à l'heure au téléphone madame le professeur Vivacido, vous vous souvenez ? La spécialiste des volcans.

— Encore des mauvaises nouvelles ?

— Pas à proprement parler, toutefois il y a un point sur lequel nous souhaiterions attirer votre attention dès à présent pour éviter... comment dire... de vous mettre en porte-à-faux pour la conférence de Lisbonne.

— Je vous écoute. Venez-en au fait.

Les trois conseillers se regardèrent. Personne ne voulait endosser la responsabilité de prendre la parole, car la vie est ainsi faite que le messager est bien souvent désigné comme comptable des nouvelles qu'il apporte.

— Eh bien, au-delà des problèmes d'évacuation, cette éruption va avoir des conséquences à moyen terme.

— Je m'en doute ! Ça va coûter un bras à l'économie nationale, qui n'a pas besoin de ça.

— Oui, mais voyez-vous les conséquences ne seront pas seulement de nature économique…

Le Président mexicain n'était pas celui qui subirait le plus les effets de ce que ses conseillers lui apprirent. En revanche, se dit-il, les salons feutrés de certaines organisations internationales pourraient bientôt voir quelques têtes tomber.

18. Le déclic

Enfin seul à son bureau, Nalliens tournait et retournait pour la millième fois les feuilles imprimées des résultats de son expérience. Il voulait les regarder d'un œil critique, se demandant si quiconque y trouverait la moindre faille.

Rien n'y faisait. Plus il lisait, plus l'ampleur des résultats l'impressionnait. Sonneyer était un insupportable orgueilleux mais il avait parfaitement raison : il y avait de quoi faire s'écrouler toutes les études qui voyaient dans le dioxyde de carbone l'alpha et l'oméga de toute évolution climatique. En même temps que ses propres résultats, Nalliens parcourait ceux des rares climatosceptiques compétents qui avaient publié des articles allant dans le même sens. Il n'y avait aucun doute, il avait trouvé la dernière pièce du puzzle, celle qui liait le tout et révélait enfin le paysage complet. Il avait eu beau essayer de s'en défaire, il ne pouvait pas ne pas voir ce qu'il voyait.

Devant l'écran de son ordinateur, il rédigea un courrier à Ron Christer, un collègue canadien. Christer était un très bon connaisseur de la physique de l'atmosphère, et avait toujours observé une grande retenue sur la question climatique. Alors qu'il avait tout pour devenir l'un de ces scientifiques médiatiques et militants dont la climatologie regorgeait, il ne s'était jamais aventuré hors des revues scientifiques spécialisées pour faire état de ses découvertes. Celles-ci pouvaient tout autant être interprétées comme appuyant l'alarmisme actuel ou le combattant.

En vertu du principe selon lequel « si vous n'êtes pas avec nous alors vous êtes contre nous », certains avaient fait courir le bruit que Christer était un climatosceptique trop lâche pour se dévoiler. C'était mal le connaître. Il faisait simplement partie de cette catégorie de scientifiques qui mettent un point d'honneur à ne jamais tirer de conclusions de leurs travaux au-delà de ce qu'ils permettent de façon certaine.

Christer était donc la meilleure personne à laquelle s'adresser pour demander conseil. Nalliens enverrait des questions techniques, recevrait une réponse technique, avec peut-être un bref mot de félicitations – tout scientifique rigoureux qu'il était, Christer savait aussi être chaleureux et connaissait l'importance des encouragements.

Le courrier de Nalliens détailla avec grand soin ce qu'avait été le protocole expérimental. Il fournit toutes les marges d'erreur statistique des résultats et déposa sur le serveur FTP de l'institut l'ensemble des données brutes de l'expérience. Hormis le « Cher Ron » introductif et les salutations finales, le courrier avait tout d'une version préliminaire de l'article de recherche à venir.

Pianotant sur son clavier, Nalliens jouissait intérieurement de l'harmonie qui se détachait de ses phrases à mesure qu'il les enchaînait, chacune répondant à la précédente et appelant la suivante dans le flot ininterruptible du raisonnement. Une fois commencée, l'œuvre se déroulait d'elle-même. Il jouissait de n'en être au fond que l'interprète. C'est en en jouant la partition de bout en bout qu'il comprit que rien ne stopperait jamais l'envol de cette nouvelle vérité du monde. Nalliens en était le dépositaire, pas le propriétaire.

Christer répondit à peine une heure plus tard :

Cher Serge, voilà une percée majeure ! À part sur un ou deux points (voir ci-dessous), vos conclusions m'ont l'air très solides. Un peu triste pour Schwarz qui a raté le coche dans

son expérience de 2025, mais bien content pour vous. Pas mal de publications vont devoir être réinterprétées.
Je ne piperai mot en attendant votre papier, mais je vais devoir me mordre la langue, tant ce que vous tenez est excellent. Ne tardez pas à publier ! Je compte aussi sur vous pour venir nous voir dès que possible et nous présenter vos résultats.

Suivaient quelques recommandations et remarques mineures, qui montraient que Christer n'usurpait pas sa réputation de relecteur consciencieux.

Nalliens relut plusieurs fois le courrier si amical. Il songea à la manière dont Ron lui aurait dit de vive voix les mots ainsi couchés par écrit. Son collègue était vraiment quelqu'un de bien, qui voyait toujours le bon côté des choses et ne manquait jamais l'occasion d'une pensée optimiste. Il ne regrettait pas de lui avoir demandé conseil.

Désormais, le Vrai était définitivement de son côté.

Avoir franchi ce pas donna à Nalliens une confiance toute nouvelle. Enfin il n'avait plus peur. Tel un pion finalement parvenu sur la dernière ligne de l'échiquier, il venait de devenir une pièce maîtresse de la suite de la partie.

19. L'adieu

Les deux assistants de Nalliens se retrouvaient pour la première fois depuis l'issue de l'expérience. À présent il faisait jour, mais l'atmosphère pesante et silencieuse de la nuit qu'ils avaient partagée était toujours là.

Entre leurs deux bureaux, un énorme sac de voyage.

— Ça y est, tu nous quittes ?

— C'est pas l'institut que je quitte, c'est les galères. J'ai 33 ans et plus aucun espoir d'obtenir un poste dans mon pays. Je vis seul, ici c'était mon troisième contrat précaire. On a fait une belle découverte, mais il faudra trop de temps avant que ce soit reconnu.

— Le Japon, t'y es déjà allé ?

— Non, mais je vais faire tout ce qu'il faut pour m'y assimiler. Lire des mangas, pratiquer les arts martiaux, épouser une Japonaise, apprendre à boire le thé. D'ailleurs, en vrai, je suis déjà japonais depuis toujours, c'est écrit en toutes lettres sur mon état civil : mon prénom, Kane, prononcé « canné », est un prénom japonais.

— Ça alors ! Si c'est pas de la prédestination…

— Je vais d'abord passer chez moi à Dublin. Dans une semaine je quitte l'Europe pour de bon. Dès que j'aurai mis le pied au Japon, je ne parlerai plus que la langue de là-bas. Jusqu'à en rêver et en oublier le peu de français que j'ai appris ici.

Kane était trop modeste : n'était son irréductible accent irlandais qui lui valait spontanément la sympathie, il n'avait mis que quelques semaines à parler un français impeccable.

— Après toutes ces années, tu peux pas savoir à quel point j'ai envie de me poser vraiment. De faire partie de quelque chose. Depuis tout à l'heure que je lis l'histoire du Japon, je peux te réciter la liste de toutes les dynasties impériales. Dans deux ans, c'est sûr, mes cheveux seront raides et bruns, ma peau sera jaune et mes yeux bridés.

— Je te fais confiance, répondit son collègue attendri.

Lorsque Serge Nalliens, leur responsable, les avait fait venir dans son bureau, ils y avaient retrouvé aussi le directeur de l'institut, Arthur Sonneyer. Ce dernier s'était rangé aux arguments de Nalliens : les deux jeunes assistants n'avaient pas les épaules pour faire face à ce qui allait se passer. Sonneyer leur avait donc officiellement proposé de les envoyer sans attendre dans ce nouveau laboratoire qui ouvrait ses portes à Tokyo. Leurs lettres de recommandation étaient prêtes. À croire celles-ci, l'institut se proposait d'envoyer au Japon deux scientifiques dont le niveau ne se comparait qu'à celui d'Einstein.

Contrairement à son collègue, qui hésitait sur son avenir de scientifique et que le Japon n'attirait pas, Kane avait aussitôt dit oui. Une heure plus tard (record à battre) il avait reçu une offre d'emploi pour une durée de trois ans à l'issue desquels il serait titularisé sur un poste permanent. Sauf séisme. Ou démission. Ou si tout n'allait pas bien…

— La dernière fois que je suis rentré à Dublin j'ai croisé un copain en ville. Un étudiant brillant. On a fait notre thèse en même temps, il a galéré encore plus que moi. Maintenant il est employé dans une agence immobilière. Il m'a soutenu qu'il n'avait aucun regret, et m'a même dit qu'il projetait d'écrire bientôt un article de recherche pour garder la main. C'était pathétique. Lui aussi aurait pourtant bien mérité un poste universitaire.

Son regard tomba sur le dépliant que Sonneyer leur avait montré pour se justifier de leur proposer Tokyo.

Climat et Société :
la science face à ses ennemis

Face à la politisation du savoir, aux enjeux capitalistiques et aux dénis de toute sorte, les scientifiques savent combien il demeure encore aujourd'hui très difficile de parler librement de la crise climatique. Dans notre monde envahi par les « vérités alternatives », comment le discours scientifique peut-il contribuer à l'éveil des consciences ?

L'Alliance universelle pour la raison et la science vous invite à une table ronde sur cette question qui engage l'avenir de l'Humanité et fait peser une responsabilité inédite sur les épaules des chercheurs du monde entier.

— Et donc, commenta Kane, si on reste avec Nalliens on est des ennemis de la science…

— Je ne l'ai pas dit à Sonneyer mais je suis allé de temps en temps à ces réunions, dit son collègue. La dernière fois il y était question des pyramidologues. Tu sais, ces types un peu fous qui voient la main des extraterrestres dans les constructions de l'Égypte ancienne…

— Parce que t'avais besoin d'aller écouter un spécialiste pour être vraiment certain que la Grande Pyramide n'est pas un vaisseau spatial ?

— J'ai toujours aimé écouter ces tables rondes. C'est un peu comme si elles rassemblaient les vaillants gardiens de la pensée scientifique. Mais je comprends maintenant pourquoi Sonneyer est furieux qu'ils puissent se réunir dans le grand amphi de l'institut : en vrai, la science, ils s'en foutent.

L'un comme l'autre n'oublieraient pas de sitôt la diatribe de Sonneyer. Tous deux avaient compris qu'elle avait surtout servi à mettre un baume sur la mauvaise conscience d'un directeur qui renonçait à se battre pour garder deux de ses employés. « Ces fichus vieux pontes qui prétendent défendre la science alors qu'il n'y a que leur position sociale qui les intéresse ! s'était-il enflammé en brandissant le dépliant. Ils se payent le luxe de bons arguments face à des adversaires en carton tels que les radiesthésistes ou les ufologues, comme s'il y avait besoin de plastronner avec l'*argumentum ad personam*, la fausse contraposée ou l'hypercriticisme pour démasquer des hurluberlus ! En revanche, quand vous touchez au pré carré, là il n'y a plus de méthode scientifique qui tienne : soudain le “consensus des spécialistes” n’est plus un “argument d’autorité” mais une démonstration absolue. Tant pis pour Galilée, pour Pasteur, pour Darwin, pour Wegener… Et je ne vous parle pas de tous ces chercheurs qui confondent le Bien et le Vrai et qui jetteraient la science à la poubelle pour soi-disant sauver la planète ! Ah, si au moins ils ne le faisaient que pour obtenir une promotion… »

Sonneyer avait paru presque las à la fin de sa tirade. Luttait-il contre lui-même pour ne pas devenir l’un de ces vieux pontes à son tour ?… Le collègue de Kane se débattait intérieurement lui aussi. Il luttait contre l’idée de « se faire une raison » et voulait trouver *la* raison de ce qui se passait. Il redoutait de devoir renoncer à sa confiance en la science et ses institutions. Il espérait encore pouvoir articuler les contraires, trouver une architecture sensée derrière tout cela. *Cohérencer* : encore un verbe qui manque au dictionnaire.

— Quand cette affaire de climat va s’écrouler, dit-il finalement, la science risque de faire de même. Les politiques vont se défausser sur les institutions de recherche, qui perdront le soutien des citoyens. À ce moment-là, les Trump pourront mener la danse. Les créationnistes. Les complotistes. Alors c’est vrai que les écolos ont leurs défauts, que la science leur échappe et qu'ils prennent un peu trop leurs rêves pour la réalité, mais malgré tout la pseudoscience vaut quand même mieux que l'antiscience, non ?

— Mouais. En attendant, quand un chercheur fait du bon travail, en principe il est récompensé. Nous on nous exfiltre…

Le jeune Irlandais consulta sa montre puis décida qu'il était temps de rejoindre l'aéroport. Se saisissant de son gros sac il se dirigea vers la porte.

— *Sayonara*, dit-il sans se retourner.

— *Sayonara*, répéta dans le vide son compagnon d'infortune.

20. Les bonnes fées

— Ils refusent de m'expliquer, ils ne veulent parler qu'à vous, dit la voix du gardien au téléphone.

— Ils sont de la police ? demanda Nalliens assis à son bureau.

— Non, je ne crois pas.

— Faites-les attendre, je viens.

La loge de la sécurité était une petite cabane qui bornait une grande haie isolant le campus du reste du monde. À côté, un grand costaud et une femme élancée attendaient. Tous deux avaient la quarantaine.

— Pardon de ne pas vous recevoir dans mon bureau, dit Nalliens, mais nous avons subi un acte de vandalisme cette nuit, nous sommes sur les dents.

— Bonjour monsieur Nalliens, dit la femme à voix basse en visant la loge. Nous venons pour un sujet hautement confidentiel.

Le gardien, un colosse en costume qui parlait peu mais se souciait toujours beaucoup des allées et venues, montrait une tête interrogative de la fenêtre de sa loge. Nalliens fit un petit signe de la main, et la tête disparut.

— Puis-je savoir à qui j'ai affaire ?

— Nous menons une mission sensible pour une société privée, dit l'homme.

— C'est un peu maigre.

— Le nom de notre employeur ne vous dirait rien. Son absence totale de visibilité est sa meilleure publicité.

Avec circonspection, Nalliens lança un regard silencieux à chacun de ses deux visiteurs.

— Nous avons rencontré votre fille avant-hier, dit la femme.

Nalliens se redressa avec vigueur.

— Ma fille ? Vous la connaissez ? Elle va bien ? Où est-elle ?

— Elle va bien, rassurez-vous. Nous l'avons rencontrée dans une ZAD en gestation, d'inspiration écologiste fondamentaliste. La ZAD de Troiny.

Nalliens s'enivra d'une grande gorgée d'oxygène. Il tâcha de ne pas laisser paraître son excitation. À l'évocation de sa fille, les scènes terribles de cris et d'accusations resurgirent une nouvelle fois dans son esprit.

— Puis-je savoir pourquoi une société de sécurité privée s'intéresse à ma fille ?

— La nouvelle ZAD de Troiny a des ambitions, dit Xavier Yppeles. Sous la houlette d'un tribun efficace, elle est progressivement en train de fanatiser des groupes entiers, notamment des jeunes, sous prétexte de sauver la planète. Une façon pour nous d'empêcher la constitution de cette petite armée consiste à utiliser leurs familles.

— Qu'est-ce qui vous dit que je m'oppose à ce que ma fille sauve la planète ?

— Parce que vous ne voulez pas qu'il lui arrive la même chose qu'à Rémi Fraisse. Vous vous souvenez ? Ce jeune persuadé d'œuvrer pour le bien, tué dans une manif écolo à Sivens par une grenade lancée par un gendarme.

— À cause du risque de violences policières il faudrait ne plus manifester ? dit Nalliens. Bel avenir que nous préparent les sociétés privées comme la vôtre !

— La justice a rendu un non-lieu définitif dans cette affaire, répliqua Yppeles. Le gendarme n'avait fait que son travail[1].

1. www.francetvinfo.fr/monde/environnement/barrage-de-sivens/affaire-remi-fraisse-la-cour-de-cassation-rejette-le-pourvoi-de-la-famille_3433267.html

Voyant que la discussion se tendait, Sophie Brinier tâcha de calmer le jeu.

— Quand bien même le gendarme aurait été condamné que ça n'aurait pas fait revenir ce jeune homme à la vie, tempéra-t-elle. Nous ne voulons empêcher personne de protéger la nature, seulement éviter de laisser des extrémistes utiliser l'écologie à des fins violentes. Or ce que nous avons découvert à Troiny montre que des coups de force comme à Sivens sont en préparation, et à plus grande échelle.

— Si c'est vrai, dit Nalliens, alors c'est le travail de la police. Une société privée n'a pas à y fourrer son nez.

— La police ? railla Yppeles. Son mot d'ordre dans ce genre d'affaires, c'est de ne pas faire de vagues.

— Et vous, quel est votre mot d'ordre ? Qui est votre commanditaire ?

— Désolé, nous avons par contrat l'obligation d'ignorer son identité.

— Ce pourrait être le promoteur du complexe de Troiny bloqué par les zadistes, par exemple ? À qui il serait venu l'idée de régler le problème à sa façon ?

— Par exemple, reconnut Yppeles de sa grosse voix. Ou le ministère de l'Intérieur qui nous utiliserait comme porte-flingues. Ou un fonds de pension américain qui verrait d'un mauvais œil qu'une utopie anarchiste freine le développement du business...

— Quelqu'un est prêt à payer pour vous aider indirectement, coupa Sophie Brinier. Brune a des fréquentations dangereuses, qui pourraient la pousser au martyr. Ensemble, nous pouvons la sortir de là.

Nalliens porta sa main à son front en secouant négativement la tête.

— Si je comprends bien, dit-il, j'ai devant moi deux personnes qui ne me diront ni leur vrai nom ni celui de la milice pour laquelle elles travaillent, et qui me demandent de croire que cette milice se propose gracieusement de m'aider à élever ma fille. Ai-je correctement résumé ?

— C'est difficile à croire mais c'est un peu ça, répondit Brinier. Dites-vous que nous sommes les bonnes fées de Brune, qui veillent sur elle pour l'aider à se sortir de la nasse. Comme dans les contes, pour que ça marche il faut que vous nous fassiez confiance.

— Les fées ont bien changé depuis mon enfance, dit Nalliens en toisant le profil de tueur de Xavier Yppeles. Et dire que j'en étais resté à la fée Clochette !

— Votre fille fréquente un milieu qui n'a rien d'un film de Walt Disney, trancha Yppeles. Et si vous comptez sur les pétochards qui nous gouvernent pour la protéger… De notre côté nous ne pouvons pas opérer avec des escadrons de gendarmes mobiles, mais nous avons tout de même quelque chose que le ministère de l'Intérieur n'a pas.

— Quoi donc ?

— Une paire de couilles.

— Assorties de méthodes d'action parfaitement légales, bien entendu ?

— Nous travaillons en temps réel avec des avocats spécialisés qui, à chaque fois que c'est nécessaire, nous disent en direct à quelle distance nous nous trouvons des limites imposées par la loi.

Cela ne répondait pas complètement à la question.

— Exfiltrer Brune de la ZAD est la mission qui nous est confiée, dit Sophie Brinier pour revenir à ce qui intéressait Nalliens. Convenez que c'est aussi ce que vous voulez pour elle.

— Elle est jeune, exaltée, influençable, encore hésitante sur son avenir… Pour nous c'est un excellent profil de premier domino, ajouta Yppeles. Le tout va être de donner la bonne pichenette.

Nalliens hésita. Il n'était pas encore certain de pouvoir se confier, car l'intrusion des Russes de ce matin l'avait rendu méfiant. Peut-être était-ce un nouveau coup de leur part, plus subtil ? Il décida tout de même d'en dire davantage.

— Ma fille ne veut plus me parler depuis des semaines.

— Pourquoi ?

— À cause de mes recherches. Vous n'êtes pas au courant ?

— On devrait ?

— J'ignore jusqu'à quel point vous êtes renseignés. Et ces temps-ci c'est le défilé de ceux qui savent…

Nalliens se dirigea lentement vers l'entrée du bâtiment de l'institut, suivi de ses visiteurs. Yppeles ouvrit sa tablette pour la tendre à Nalliens :

— Vous nous avez parlé d'un acte de vandalisme cette nuit dans votre laboratoire… Est-ce que ce plan vous dit quelque chose ?

— Oui ! Où l'avez-vous photographié ?

— Dans une cabane de Troiny. Qu'est-ce que c'est ?

— Le plan de l'étage où se trouvent nos salles d'expériences. Il se trouve sur les consignes de sécurité placardées à chaque étage.

— Vous les avez apprises par cœur ? s'étonna Yppeles.

— À cause de certaines expériences à risque, tous les membres de l'institut suivent régulièrement une formation à la sécurité. Sécurité des personnes, sécurité des bâtiments…

Nalliens s'immobilisa au moment de mentionner le troisième terme. La sécurité numérique. Celle-là, il s'autorisait comme tout le monde à la négliger. À la maison il était si pratique d'avoir ses codes d'accès informatiques écrits bien en vue juste à côté de son ordinateur… Et son badge d'accès à l'institut, qui ne quittait plus la petite table de l'entrée…

Cette fois, Nalliens tenait une explication cohérente à tous ces détails qui l'accusaient depuis le début : Brune, sa propre fille, était mêlée à ce qui s'était passé.

— Vous dites que ma fille est à Troiny ? dit-il finalement.

— Elle n'y est plus. Nos informateurs l'ont vue à la ZAD de Notre-Dame-des-Landes.

— Qu'est-ce qui vous en rend aussi sûrs ?

Yppeles tendit une photo.

— C'est bien elle ? dit-il du ton de celui qui connaissait déjà la réponse.

Nalliens bondit. « J'y vais ! »

Déjà il se hâtait dans l'une des allées du parking extérieur.

— Ne faites pas de conneries, Nalliens, voulut le stopper Yppeles. Vous n'avez aucune idée d'où vous allez mettre les pieds.

— Ma fille est là-bas, je vais la chercher. Point. Je n'ai pas besoin de votre permission.

Ostensiblement indifférent à ses visiteurs, Nalliens sortait ses clés tout en se hâtant vers sa voiture.

— Si vous débarquez là-bas dans votre berline et habillé comme vous l'êtes, vous serez aussitôt repéré, insista Yppeles en pressant le pas pour rester à sa hauteur.

— Vous n'avez plus rien à faire ici, menaça Nalliens. Sortez de cette enceinte ou j'appelle la sécurité.

Les deux intrus se regardèrent. Que Nalliens aille à Notre-Dame-des-Landes n'entrait pas dans leurs plans, mais ce n'était peut-être pas une si mauvaise idée. Après tout il ne risquerait rien de plus que d'attraper un gros rhume s'il lui venait à l'idée de loger dans l'une de ces passoires énergétiques qu'étaient le plus souvent les habitations zadistes.

— D'accord, dit Sophie Brinier. Mais laissez-nous tout de même une seconde pour vous expliquer comment les choses se passent là-bas.

Nalliens avait déjà ouvert la portière et s'était assis face au volant. Il ne répondit pas, mais il avait stoppé son élan.

— N'imaginez pas que vous allez tomber sur les écolos branchés du centre de Paris, dit Brinier. La plupart des zadistes que vous croiserez sont de pauvres gens qui se fichent de manger végan. Leur premier souci, c'est souvent de manger tout court.

— Ils se méfient de tout le monde, ajouta Yppeles. Ils prétendent souvent s'appeler Camille, ou bien prennent un pseudo quelconque, genre Coquelicot ou Grenouille. Ne vous avisez pas de vous faire passer pour un journaliste, ils les détestent presque autant que les flics. Vous finiriez en slip.

Immobile dans sa voiture portière ouverte, Nalliens montrait par son silence qu'il écoutait toujours.

— Quand nous sommes allés à Troiny, dit Brinier, nous avons laissé notre voiture dans un village et fini le trajet en car, parce que la ZAD y est minuscule et qu'on la quadrille facilement à pied. En revanche, celle de Notre-Dame-des-Landes est beaucoup plus grande, presque dix kilomètres de long sur deux kilomètres de large. Pour vous y déplacer sans trop attirer l'attention, le mieux est d'utiliser un vélo.

Nalliens tourna légèrement la tête, comme pour contrôler que tout lui avait bien été dit. Sophie Brinier saisit l'occasion pour lui tendre une carte de visite.

— Voici un numéro où me joindre. Appelez à n'importe quelle heure. Et si vous vouliez bien me donner votre numéro aussi… Allons, Serge, nous devons coopérer. Nous vous avons fait confiance, nous vous en avons dit beaucoup.

Nalliens passa doucement sa main dans le revers de sa veste et en sortit sa carte, qu'il tendit à Brinier.

— Je vous préviens dès que nous avons du nouveau, dit-elle. S'il vous plaît, faites-en autant.

21. Réunion au sommet

Lorsque Valériane Becquerèse, la Première ministre, se fit annoncer à l'Élysée pour sa réunion hebdomadaire au sommet de l'exécutif, elle savait déjà qu'elle n'aurait aucun mal à mettre de côté les petits tracas de l'heure habituellement au menu. Qu'un institut de recherche de renommée mondiale soit sur la piste d'une explication nouvelle au sujet de l'évolution actuelle du climat terrestre, et que cette explication exonère les activités humaines en général et le CO_2 en particulier, voilà une information d'un tout autre poids que les tiraillements au sein de la majorité, les préavis de grève dans certains secteurs de la fonction publique et autres scandales financiers du moment. Les politiques liées au climat allaient se trouver sur la sellette, et donc un pan considérable de l'action du Gouvernement serait remis en question : les diverses actions d'atténuation bien sûr (c'est-à-dire de réduction des émissions), mais aussi les actions connexes, avec au premier chef la transition énergétique.

— Ne nous emballons pas, madame la Première ministre. Si même l'auteur de la découverte vous a signifié qu'il fallait rester prudents, alors il me semble urgent d'attendre.

— Peu de temps après la réunion, son directeur, Arthur Sonneyer, m'a envoyé un SMS d'explications. Serge Nalliens est quelqu'un de très compétent dans son domaine, mais mal préparé à ce qui lui tombe dessus. Je m'en étais doutée, il est du genre à vouloir être gentil avec tout le monde.

Becquerèse avait été très mécontente de l'attitude de Nalliens. Seul Sonneyer lui avait semblé un interlocuteur valable. Une partie du mérite de la découverte lui revenait, il en connaissait parfaitement les tenants et aboutissants, et n'était pas du genre à geindre à la première occasion. On pourrait se fier à lui.

— Madame la Première ministre, que se passerait-il si, demain, une nouvelle étude venait à contredire celle dont vous parlez ?

— Je me suis fait faire un dossier complet sur les états de service de Sonneyer et de Nalliens, le CV de leurs collaborateurs, la liste de leurs publications, ainsi que les rapports quinquennaux du ministère de la Recherche sur les activités de leurs équipes. Le bilan est très clair : nous avons la chance d'abriter dans notre pays l'un des instituts les plus prestigieux au monde, dont les publications font autorité. Il est systématiquement aux premiers rangs de sa catégorie au classement de Shanghai des organismes de recherche. Il nous est donc impossible de faire comme si de rien n'était. Si cet institut assume une position climatosceptique, c'est qu'il se passe quelque chose. Son prestige nous contraint à nous préparer à l'éventualité qu'ils aient raison, d'autant que notre rôle est de soutenir nos organismes de recherche lorsqu'ils sont attaqués, ce qui ne va pas manquer de se produire.

Menton posé sur ses poings serrés, Louise Bossel, la présidente de la République, évalua la situation. Comme ses prédécesseurs, elle s'était toujours affichée comme un chevalier blanc prêt à tous les efforts pour combattre le dérèglement climatique, et avait presque fini par croire elle-même en cette posture. Son numéro deux de Matignon avait toujours été sur la même ligne. Si la planète n'avait plus besoin d'être sauvée, cela poserait donc un problème. Il était bien commode de parler climat pour détourner l'attention d'un dossier gênant, ou simplement afficher sa vertu à moindres frais. Cela facilitait aussi l'acceptation sociale des taxes « écologiques » (même si son produit n'avait aucune raison d'atterrir dans les caisses de la politique environnementale en vertu du principe de non-affectation des recettes).

— Allons faire un tour dans les jardins, trancha Bossel en se levant soudain. Profiter du temps frais, c'est ce qu'on peut faire de mieux quand les emmerdements volent en escadrille.

— Vous avez le lyrisme d'un Chirac, taquina la Première ministre.

— Ah, ne me parlez pas de Chirac ! Avec sa maison qui brûle pendant qu'on regarde ailleurs et son ânerie de principe de précaution dans la Constitution, la panade dans laquelle on est, c'est quand même un peu lui qui nous y a mis.

La brise qui soufflait dans les arbres des jardins de l'Élysée eut un effet revigorant. En bonne politique raisonnablement compétente des problématiques environnementales, Valériane Becquerèse proposa d'infléchir le discours officiel, pour distinguer désormais pollution et climat. La mauvaise habitude avait été prise depuis longtemps de confondre plus ou moins sciemment les deux. La première, plus palpable pour les citoyens, était souvent instrumentalisée au profit du second, alors que les polluants que sont les particules fines, par exemple, n'avaient rien à voir avec le CO_2, gaz inoffensif que chacun de nous produit en grande quantité à chaque expiration. Séparer les deux permettrait de dire qu'un environnement non pollué constituerait l'objectif central du Gouvernement.

— La disparition du problème climatique ne supprime pas la nécessité d'une transformation écologique de la société, ajouta Becquerèse. Développer les énergies renouvelables, promouvoir l'agro-écologie, sensibiliser les citoyens à la préservation des écosystèmes, aider les pays moins développés *via* le Fonds vert pour le climat sont autant de bons projets à défendre. Un problème n'a pas besoin d'exister pour que les solutions qu'on y apporte soient les bonnes. Retirons simplement le mot « climat » des discours, des lettres de mission aux ministères et des projets de loi. Une simple excision, sans conséquence sur nos choix politiques.

La Présidente laissa Becquerèse poursuivre, tel un chat devant une souris qui ne peut plus lui échapper.

— Pour ce qui est des responsabilités à établir, poursuivait Becquerèse, il faudra bien reporter la faute sur les climatologues. On sera gentils avec eux et on se contentera de leur dire *errare humanum est*, mais ce sont quand même eux qui ont tiré la sonnette d'alarme pendant des années, en signant et en resignant des « appels à l'action » dans les médias internationaux. Notre seul tort est d'avoir eu foi en leur science, mais que pouvions-nous faire d'autre ?

Becquerèse donna un coup de pied dans le vide en direction d'un groupe de pigeons.

— Il suffira de placardiser quelques lampistes pour apaiser l'éventuelle vindicte populaire, ajouta-t-elle avec des mots choisis. Rougier, l'adversaire de Sonneyer et Nalliens lors de la réunion de ce matin, aura du mal à sauver sa tête, mais on lui trouvera un placard doré.

— Savez-vous pourquoi vous n'avez pas été désignée comme candidate à la présidentielle par votre parti ? demanda la Présidente tout en faisant mine d'observer un bosquet. Parce que vous êtes trop intelligente.

Ce n'était ni la première ni la dernière fois que Bossel rappelait laquelle des deux était du bon côté du manche.

— J'apprendrai volontiers de vous comment raisonner comme une idiote, répliqua Becquerèse en tournant elle aussi la tête d'un air négligé.

Elle n'était pas du genre à courber l'échine. Depuis deux ans qu'elles partageaient la tête de l'exécutif, chacune affûtait ses couteaux en vue des prochaines échéances électorales. La Première ministre avait toutefois mis juste ce qu'il fallait de finesse dans le ton pour que la Présidente puisse faire semblant de croire à de l'humour.

— Vous tenez un discours bien trop intelligent, répéta la Présidente d'un ton fataliste. Qui, comme tous les discours trop intelligents, sont irréprochables sur le fond mais complètement à côté de la plaque.

— Peut-être aurez-vous l'amabilité de développer ?

— Avez-vous pensé à toutes nos déclarations passées où nous nous inquiétions de l'évolution « si visible » du climat pour appeler à une action massive et immédiate ? À nos propos sur le « négationnisme climatique » adressés aux sceptiques ? À tous nos alliés peu fréquentables qui ne nous soutiennent que parce que nous clamons notre engagement pour la cause ? À tous nos opposants qui retiennent leurs coups à chaque fois que nous lançons une séquence médiatique sur le thème ? Si nous abandonnons le réchauffement, tout le monde criera à la trahison. Vos subtilités seront inaudibles. Lâchez le climat, et aux yeux de l'opinion vous ne serez qu'une « vendue aux lobbys pétroliers ». Sans compter qu'en stoppant le train du climat, on mettra aussitôt des milliers de fonctionnaires au chômage technique. Comment expliquera-t-on alors au personnel de la Direction générale de l'énergie et du climat, par exemple, qu'ils devront se trouver une autre mission ? Que dira-t-on à toutes ces municipalités, ces intercommunalités, ces conseils départementaux et régionaux qui, chacun à sa manière, ont mis en place telle ou telle structure publique ou parapublique dédiée à la sauvegarde du climat ?

Bossel laissa s'installer un temps de silence pour appuyer son effet tandis que deux pigeons roucoulaient tranquillement, nullement impressionnés de picorer aux pieds des deux personnes les plus importantes de l'État.

— Ne me dites pas que vous n'avez jamais eu ce genre de conversations où le climatosceptique de service explique ses arguments, reprit la Présidente. Il s'y connaît un peu mieux que les autres (ce qui est rarement très difficile), personne ne trouve à redire, jusqu'au moment où quelqu'un explique carrément que, vraie ou pas, cette histoire de climat est de toute façon une bonne occasion pour changer les comportements individuels. Mentir aux gens pour leur bien, ça ne choque jamais grand monde. Évidemment, quand on augmente le prix du carburant pour sauver la planète, c'est une autre affaire…

— Vous voulez dire que vous voulez faire comme si de rien n'était ? Machiavel a ses limites. Tôt ou tard on saura que nous avons caché ce que nous savions.

— Vous allez vous débrouiller pour que la rumeur de votre réunion de ce matin avec les climatologues ne se répande pas. Sonneyer comprendra, Nalliens ne souhaite que mettre la tête sous le sable, et ce paillasson d'El Kharrabagh suivra pour ne pas être dans la charrette du prochain remaniement ministériel.

— Donc, on ne dit rien au pays ? demanda Becquerèse sidérée. Vraiment rien ?

— Rien.

— Nous continuons à prétendre que nous luttons contre le réchauffement climatique et à dépenser des sommes folles pour un non-problème ?

— Il y a une demande citoyenne autour de l'environnement. Moins d'emballages en plastique, un air plus pur, des rivières moins polluées. Rien à voir avec le climat, mais « l'important, c'est que les choses aillent dans le bon sens ».

— Notre devoir de pédagogie…

— Ah non ! coupa brusquement la Présidente. Par pitié, ne me faites pas le coup de la « pédagogie ». Tout le monde n'a que ce mot à la bouche ! Mon devoir, et le vôtre aussi, consiste à prendre les meilleures décisions pour le pays et à maintenir la cohésion nationale. Pas à expliquer la différence entre une molécule de CO_2 et une particule fine. Ceux qui veulent faire de la pédagogie n'ont qu'à devenir enseignants.

Un pigeon prit un faible envol puis se posa presque aussitôt.

— Je suis plus âgée que vous et je viens du monde rural, se radoucit la Présidente. Il y a des choses du pays que je sens. Qu'est-ce que ça changera pour les gens qu'on continue à dire qu'en nettoyant une plage on luttera contre les ouragans ? que la journée sans voiture sauvera la Grande Barrière de corail ? que trier ses déchets empêchera le désert de s'étendre ? L'essentiel, c'est que les plages soient propres. Que la voiture ne soit pas partout. Que les déchets soient triés.

Ce serait donc *Business as usual*. Les mots « environnement » et « climat » resteraient des synonymes jusqu'à ce que la prochaine peur à la mode les rende obsolètes. D'ordinaire, la recherche scientifique progresse lentement et la politique suit le rythme effréné de l'actualité. Cette fois ce serait le contraire : une percée allait bouleverser la science, tandis que les dirigeants, eux, avanceraient à pas de loup, au rythme d'invisibles glissements sémantiques.

Bien sûr, tout le monde ne serait pas dupe.

— Y a-t-il des personnes au courant au ministère de l'Environnement ? Il va falloir bien manœuvrer les zozos de là-bas...

— Vous devriez savoir que nous disposons de bien mieux qu'un vulgaire ministère de l'Environnement, s'amusa Becquerèse. Nous nous honorons depuis l'an dernier d'un ministère de la Transformation écologique globale pour l'Alliance planétaire citoyenne et solidaire.

Elles rirent de bon cœur. La Présidente n'avait pas la fibre écologiste, la perspective qui se dessinait n'était pas pour lui déplaire.

— Tâchez de faire en sorte que le moins de monde possible soit au courant. Il y a dans le lot un nid de parasites dont la principale fonction mesurable est de brasser autant d'air qu'une ferme d'éoliennes.

En une sorte de parade rituelle, un petit groupe de pigeons battit des ailes, sans toutefois quitter le sol. La Présidente consulta sa montre, son prochain rendez-vous l'attendait.

— Avant que vous ne partiez, rappelez-moi où nous en sommes des négociations climatiques internationales. Où et quand signe-t-on le cinquante-septième engagement de la dernière chance pour sauver l'univers ?

— À Lisbonne, la semaine prochaine.

— Voyez-vous ça ? C'est joli, Lisbonne.

— Nous y envoyons Béchedelle, précisa la Première ministre sans retenir un large sourire complice.

Nouvel éclat de rire. Que la proverbialement incompétente Béchedelle ait été nommée pour cette mission était la preuve vivante que tout cela n'avait plus grande importance.

Les deux femmes se saluèrent, tandis que deux pigeons se disputèrent une miette de pain. C'est un troisième qui l'engloutit.

22. Notre-Dame-des-Landes

Une femme aux cheveux blancs occupait le coin de l'œil de Serge Nalliens, parce qu'elle lisait un roman que lui-même avait adoré il y a quelques années, *Loin de vous ce printemps*, de Mary Westmacott, pseudonyme d'Agatha Christie. Qu'un roman aussi extraordinaire soit aujourd'hui si méconnu malgré la notoriété de son auteur avait, à l'époque où il l'avait lu, fini de convaincre Nalliens qu'il ne comprenait rien à la littérature.

La lectrice tenait environ deux fois plus de pages dans sa main droite que dans sa main gauche. Joan Scudamore avait-elle déjà commencé son introspection, ou n'en était-elle encore qu'au début de ses pérégrinations solitaires ? Nalliens tâchait d'imaginer quels mots les yeux lisaient, quelles émotions ils suscitaient, ce que la voyageuse éprouvait lors de ses occasionnels va-et-vient entre l'univers de Westmacott du temps des colonies britanniques et la réalité présente du TGV : les bagages qui encombraient le passage, les montées et descentes, les annonces à chaque arrêt en gare. Serge Nalliens se demandait s'il serait autant transformé par son séjour à la ZAD de Notre-Dame-des-Landes que l'héroïne dans son no man's land entre Irak et Turquie. Il pressentait que son voyage l'amènerait à se poser les mêmes questions qu'elle, à faire le même genre d'improbables associations d'idées, peut-être aussi à vivre l'expérience mystique d'un souvenir qui éclorait au détour d'un minuscule événement quelconque pour éclairer sa vie d'une lumière nouvelle.

Soudain son smartphone vibra, tandis qu'une voix annonçait l'arrivée prochaine à Nantes. Le message venait de son cousin François : « Jean-Jacques est décédé. Bise F ».

Serge vit sur l'écran que François avait tenté plusieurs fois d'appeler. Le bruit du train avait couvert la sonnerie.

Le choc de la nouvelle ne lui permit pas de trouver les mots qu'il fallait pour répondre. Il choisit d'attendre d'être sorti du train, ravagé par la nouvelle.

Le parcours de Jean-Jacques avait été un exemple pour la famille. Devenir ingénieur, à son époque, était une promotion sociale bien plus considérable qu'aujourd'hui. Dans sa prime jeunesse, Serge avait appris tous les efforts que son oncle, jeune étudiant venu de la campagne, avait consentis pour obtenir son diplôme : étudiant le jour, travaillant la nuit, dormant dans un réduit à des dizaines de kilomètres de ses parents… Son succès avait tiré toute la famille vers le haut. Il était encore possible aux plus courageux de prendre l'ascenseur social pour s'inventer un destin.

Au fond, même devenu l'un des plus brillants scientifiques de sa génération, Serge Nalliens essayait encore aujourd'hui de ressembler à son oncle. Lorsque, soutenant sa thèse, il avait réalisé qu'il avait désormais un diplôme d'un niveau supérieur à celui qu'il regardait comme son modèle inégalable, il avait ressenti de la gêne. Jean-Jacques, lui, avait été très fier de son neveu, même s'il aurait aimé le voir se tourner vers un domaine plus appliqué.

Tandis que s'ouvraient les portes du compartiment, Serge se demanda s'il ne valait pas mieux rentrer par le premier train et oublier séance tenante son projet ridicule de se rendre à Notre-Dame-des-Landes. Il se laissa porter par le flot des voyageurs qui se dirigeaient vers la sortie du train, décrocha son vélo, fixa son casque sur sa tête, se chargea de son gros sac à dos et descendit. Un léger vertige le gagna tandis qu'il s'avançait sur le quai de la gare de Nantes, laissant parfois son guidon dangereusement zigzaguer. L'âme étouffée de tristesse, il envoya un court message à son cousin François.

Vingt kilomètres le séparaient de la ZAD. Il n'était pas vaniteux mais il se dit tout de même que le grand professeur Serge Nalliens avait l'air un peu idiot sur son vieux vélo avec son gros sac à dos. Chez lui il n'avait pas retrouvé de sangles, si bien qu'il ne pouvait pas fixer son sac sur le porte-bagages et devrait le porter sur son dos. Il avait aussi négligé de gonfler ses pneus à bloc, sans penser que son chargement pèserait tant sur le vélo que les pneus le freineraient à chaque coup de pédale en s'écrasant sur le bitume.

Il n'était pas un grand sportif, mais la traversée de la campagne lui plut. La côte se fit raide près du village d'Orvault. Serge se mit en danseuse pour vaincre la gravité, tandis qu'un groupe de cyclistes, de l'autre côté du terre-plein central, se laissait tranquillement glisser dans la descente. Quiconque a déjà été dans cette situation connaît l'amitié spontanée qui naît l'espace d'un instant entre les deux rives. Serge ne voyait pas les visages de ceux qui le croisaient de loin, mais perçut leur sympathie et leur fit un signe de la main.

— Courage ! lui lança l'un d'eux d'une voix solidaire.

Un instant trop tard, mais il en va toujours ainsi dans ce genre de circonstances, Serge comprit que c'était le défunt qui venait de lui parler. Même un scientifique tout ce qu'il y a de cartésien saisit ce genre de choses. Du courage il lui en faudrait en effet.

Même si la mort de Jean-Jacques venait d'ouvrir un grand vide intérieur, elle n'arrivait pas comme une vraie surprise. Atteint d'un cancer, il avait subi deux ans plus tôt une chimiothérapie qui l'avait rendu méconnaissable. Il n'en avait pas moins gardé toute sa vivacité d'esprit, et répondait toujours sans retard aux courriers avec un style toujours joyeux et gentil. Chacun savait que l'issue n'était qu'une question de mois. Serge s'en voulut de songer que la mort de Jean-Jacques lui offrait sur un plateau un sujet de rapprochement avec sa fille.

Habité par ses pensées, il ne se rendit même pas compte qu'il pénétrait dans la ZAD. Il s'était attendu à un territoire cerné de fils barbelés, une enclave dans laquelle on ne pénétrait que muni d'un passeport spécifique de résident. En réalité, seules quelques inscriptions à la craie sur la route signalaient la zone. N'était leur teneur militante, on eût pu se croire sur le passage du Tour de France.

Il avait été avisé par mail qu'il trouverait de quoi se loger au lieu-dit les Fosses Noires. N'ayant pas réalisé où il se trouvait, il ne vit pas qu'il était parvenu à l'intersection la plus centrale de la ZAD, le carrefour de la Saulce, où il aurait normalement dû tourner à droite. Il ne prit conscience du lieu où il se trouvait que quelques instants plus tard, une fois parvenu à la hauteur d'un grand bâtiment muni d'une grande pancarte « Accueil ».

C'était la Rolandière. Le cœur administratif de la ZAD.

La porte était ouverte, laissant découvrir à Serge un intérieur qui aurait presque pu passer pour un office de tourisme avec ses affiches et prospectus disséminés çà et là. Il n'y avait personne. Un panneau indiquait les horaires de la bibliothèque du Taslu, qui se trouvait à l'étage et ouvrait à 15 heures. Rien n'empêchait d'y monter hormis un mince cordon qui semblait disposé exprès pour être transgressé, ce qui décida Serge à gravir les quelques marches bien qu'il ne fût qu'un peu plus de 13 heures.

Il ne vit personne là non plus mais, au milieu de l'agréable odeur distillée par les murs en bois, il se réjouit de se retrouver en compagnie de livres.

Ceux qu'il trouva ne furent pas exactement ce qu'il avait imaginé. Les titres portaient moins sur le climat, les éoliennes et la santé par le bio que sur la Commune de Paris et sur l'agriculture traditionnelle en pays nantais.

Un couple de touristes vint à passer, venu visiter la ZAD comme on visite un parc d'attractions. Il les suivit dans leur visite du phare, une grosse érection rouge d'une dizaine de mètres de haut construite juste à l'extérieur du bâtiment et placée au bord de la route en un symbole de défi à l'autorité.

Revenu à l'intérieur, Serge fit la connaissance d'un homme à peine plus jeune que lui, au ton aimable et au vocabulaire instruit, qui se fit appeler Camille et expliqua qu'il assurait ici une après-midi de permanence bénévole de temps en temps. Il en profitait pour lire au calme dans cette bibliothèque qui sentait décidément plus le bois que le papier.

— Je suis vacataire à l'université de Nantes, dit le pseudonymé Camille. À la faculté des sciences et techniques.

— On s'est peut-être déjà croisés, répondit Serge. J'ai été à quelques colloques sur le campus.

Camille expliqua que depuis longtemps la ZAD était tiraillée par tant de mouvements contraires qu'elle n'était plus guère qu'un cadavre qui marche. À l'époque, la lutte contre la construction de l'aéroport de Notre-Dame-des-Landes avait été un puissant ciment entre zadistes, mais l'abandon du projet par les pouvoirs publics début 2018 avait dissous les solidarités. Les expulsions et destructions de cabanes menées par les gendarmes mobiles en avril de la même année avaient exacerbé les tensions internes entre les militants radicaux et ceux qui refusaient la violence. Sans compter les trahisons dont certains s'étaient paraît-il rendus coupables. Ainsi, ceux de Saint-Jean-du-Tertre n'avaient pas honoré leur promesse de tenir une barricade, et se voyaient affublés depuis du sobriquet de « Saint-Jean-du-Traître ».

Le coup de grâce était venu lorsque l'État avait convaincu certains d'entrer dans la légalité en signant des baux pour l'exploitation agricole des terres. Ce pacte faustien avait définitivement fracturé l'union des zadistes. Pour certains, l'esprit de la ZAD n'était plus. Camille montra à Serge l'ultime texte diffusé par la défunte équipe de la radio FM pirate du secteur, Radio Klaxon :

La ZAD qu'on a connue et voulue est morte, assassinée par l'État français et par une partie du mouvement contre l'aéroport. L'État a trouvé des interlocuteur·ice·s parmi les opposant·e·s citoyennistes, paysan·e·s mais aussi chez les zadistes les plus réacs, attaché·e·s à leur confort, richesse et privilèges,

avides de puissance et de foncier (synonymes chez elles/eux). Ces dernier·ère·s nous dégoûtent, leurs paroles de même, leur mépris encore pire, et leur prétention fière et mielleuse de gagner contre la préfecture nous étouffe (de rire jaune, « mais c'est eux les jaunes ! »).
[...]
Un dernier mot, un dernier souffle : ne laissez jamais s'approcher des luttes où vous êtes investi·e·s des gens (souvent en bande bien soudée genre « on dit tou·te·s la même chose ») qui écrivent des textes imbuvables et incompréhensibles et répètent constamment des mots comme « puissance », « communs », « arracher des terres », « pensée stratégique » ou « pari » par exemple... C'est la merde qui vient !

Serge Nalliens semblait un peu perdu. Sentant son hésitation, Camille demanda :

— Tu te demandes ce qu'un collègue scientifique peut bien venir foutre à perdre son temps ici, pas vrai ?

— Un peu, j'avoue.

— Je m'intéresse à l'histoire des sciences, et selon moi les zadistes sont les descendants directs des pythagoriciens.

Camille fut satisfait de son petit effet. Il expliqua que les pythagoriciens étaient une école de pensée mystique constituée il y a plus de deux mille cinq cents ans autour de Pythagore, et qui avait d'une certaine façon mis la science sur les rails de la modernité en affirmant que *tout est nombre*. Un fabuleux slogan qui pouvait traduire l'idée selon laquelle l'univers entier était régi par les mathématiques. On n'avait jamais fait mieux comme programme pour avancer dans la compréhension du monde. Selon les époques, on le redisait de différentes façons : tout est fonction, tout est équation différentielle, tout est système dynamique… peu importe le dernier concept mathématique en vogue, c'étaient bel et bien les pythagoriciens qui en avaient eu l'idée.

— Et quel rapport avec les zadistes ? demanda Serge Nalliens qui se rendait compte que les derniers jours écoulés avaient beaucoup émoussé sa capacité à s'étonner.

— Dans les deux cas on a affaire à un groupe fermé (si tu crois que tu peux t'installer à vie à la ZAD sans demander à personne, détrompe-toi), qui pratique le végétarisme, qui s'est partiellement retiré du monde tout en en dénonçant les dérives amorales, qui veut constituer une avant-garde et qui ne craint pas d'avoir recours à l'action violente.

Selon Camille, les scènes de guerre civile que les zadistes avaient eu l'occasion de donner à voir pour s'opposer aux fastes de la société de consommation faisaient écho à la destruction en – 510 de la luxueuse cité de Sybaris, destruction encouragée par les pythagoriciens qui appréciaient davantage la frugalité.

— Évidemment les zadistes ignorent qu'ils sont pythagoriciens, précisa Camille. Et *a priori* ils s'en fichent comme du carré de leur première hypoténuse, mais j'ai bon espoir de le leur en faire prendre conscience. J'ai notamment l'intention de secouer les puces de Radio Klaxon. Cesser d'émettre est une désertion, les pythagoriciens sont de tradition orale.

Tout en discutant ils étaient sortis de la Rolandière et avaient commencé à marcher, Serge tenant son vélo en main. Son sac à dos commençait à lui peser, mais il n'osa rien dire, trop content qu'il était d'avoir pu engager la conversation aussi vite avec quelqu'un de disposé à lui expliquer ce qu'était la ZAD.

Ils avançaient sur un chemin jonché de cailloux et de détritus, qui persuada Serge assez vite que les zadistes n'étaient pas tous des amoureux de la nature. Ils parvinrent finalement aux abords d'une baraque mal construite, à côté d'un parking où stationnaient plusieurs voitures rouillées. Une camionnette en sortit, crachant derrière elle une fumée malodorante.

— Salut, dit Camille à son conducteur. J'amène un petit nouveau à la ZAD, on vient discuter un peu et filer un coup de main au besoin.

— Cool. Entrez, il y a du monde.

L'homme à la camionnette désigna une petite bâtisse en bois de la taille d'une grosse cabane. Sur le seuil, un homme et une femme se roulaient chacun une cigarette, et levèrent en même temps les yeux au ciel en entendant le ronflement d'un hélicoptère approchant.

— Les gendarmes, dit la femme dont les lèvres et les oreilles étaient recouvertes de piercings.

— Ils restent assez loin, ajouta l'homme à qui plusieurs dents manquaient. Ils vont sûrement passer au-dessus de la Grée pour faire des photos.

— Fumiers ! ajouta-t-il en crachant.

En consultant machinalement sa montre, son regard s'épanouit soudain :

— Eh ! Il est 13 h 12 ! Regarde, il est 13 h 12 !

Il avait l'air d'un gamin qui rigole d'un jeu de mots salace. La femme lui sourit, complice.

— Que se passe-t-il, à 13 h 12 ? demanda Serge.

— ACAB, répondit la femme, nullement surprise de la présence des deux nouveaux venus. On l'écrit en nombre en mettant 1 pour A, 2 pour B, 3 pour C.

L'homme remonta sa manche en frétillant, découvrant un tatouage indiquant 1312, codage de l'acronyme du célèbre slogan anarchiste *All Cops Are Bastards*.

— Tout est nombre, commenta Camille à Serge. Quand je te dis qu'on est chez les pythagoriciens.

Deux minutes plus tard, ils étaient assis à l'intérieur de la cabane en compagnie d'un groupe de zadistes, entassés dans l'unique pièce faite de bric et de broc et sans le moindre confort. Certains des présents étaient en pleine santé et semblaient savoir exactement ce qu'ils faisaient. Habits d'agriculteurs et grosses chaussures mis à part, ils n'auraient pas déparu dans le conseil d'administration d'une multinationale. Les autres en revanche, les plus nombreux, avaient les yeux comme voilés par une forme de résignation devant la difficulté de vivre la vie qu'ils s'étaient choisie. L'un d'eux, un jeune dont Serge, sans comprendre pourquoi, s'imagina qu'il était de bonne famille, riait bêtement et lâchait bruyamment des phrases décousues qui interrompaient les discussions à intervalles réguliers. Sa tête dodelinait de façon incontrôlée, ses hoquets de rire laissaient voir des dents déjà gâtées. Encore très jeune mais déjà ravagé par la drogue, il n'était plus capable d'un propos cohérent. Les autres l'accueillaient sans réticence, mais nul ne lui prêtait attention.

Il ne fallut que deux minutes supplémentaires pour que Camille et Serge finissent de se fondre dans le groupe et participent aux discussions croisées, comme s'ils habitaient les lieux depuis toujours. On leur offrit un mauvais café déjà refroidi. Comme Serge le découvrirait bientôt, la zone et ses habitants étaient l'un des principaux sujets de discussion à toute heure de la journée. Il sentit vite qu'il en apprendrait beaucoup, mais aussi que ce genre de discussion devait rapidement tourner en rond.

À aucun moment il n'osa poser de questions sur sa fille et, pour ne pas attirer exagérément l'attention, Serge se déclara « prof de maths ». Chacun des zadistes se mit alors en devoir de raconter ses édifiantes histoires d'écolier, ses difficultés de collégien à faire la somme de deux fractions et ses souvenirs émus devant la beauté de la géométrie. Il est des réflexes pavloviens universels, celui qui consiste à réagir au mot « mathématiques » par l'évocation de souvenirs d'enfance en est un. À la ZAD comme ailleurs. Camille, lui, suscita un certain intérêt avec son idée poétique de zadistes pythagoriciens.

Serge se fit la réflexion qu'il s'intégrait au moins aussi facilement ici que dans un colloque universitaire. On lui avait demandé qui il était dans le seul but de le connaître, pas d'évaluer s'il était meilleur ou moins bon que tel ou tel. La conversation allait de l'un à l'autre sans hiérarchie implicite. On prenait des nouvelles autant que l'on parlait de soi. Chaque personne faisait de cette discussion insignifiante un moment de profondeur collective.

— Ce que j'aime ici, dit à Camille la femme assise à sa gauche, c'est le silence. C'est seulement dans un endroit comme ça qu'on peut enfin reprendre contact avec le sol. On peut même entendre le mouvement de la Terre – tu sais qu'on peut l'entendre ?

— Oui, répondit Camille le plus sérieusement du monde. C'est une variation sur la musique des sphères, une idée très pythagoricienne. Eux pensaient à l'harmonie des sphères célestes en rotation autour de la Terre, mais l'idée est la même.

On peut toujours tout ramener à tout, songea Serge Nalliens en glissant un regard incrédule à son compagnon.

Quelqu'un tenta d'entrer en poussant la porte, faisant trembler les murs sans susciter de réaction particulière parmi les présents. Les habitants de la masure n'étaient pas des bricoleurs-nés : la poignée qu'ils avaient montée sur la porte d'entrée à double battant était un loquet mal vissé qui se coinçait volontiers, empêchant la porte de s'ouvrir pour laisser circuler les visiteurs. Il était tout aussi difficile de la fermer, ce qui aurait pourtant permis de garder un peu mieux la chaleur produite par le maigre poêle.

Lorsque la porte céda, c'est un homme sans âge à l'imposante barbe blanche qui se joignit au groupe, d'une voix chevrotante mais ferme. Il avait beaucoup à dire sur les « traîtres » de la zone qui acceptaient de se ranger à l'ordre policier en négociant avec l'État.

— Le malheur, c'est que la ZAD est un mi-icrocosme de la so-ociété entière, bégayait-il. Avec les mêmes tares, les mêmes mé-échancetés, les mêmes lâ-âchetés.

L'œil fou mais le propos clair, il rappela les riches heures de la ZAD à ses débuts, où la lutte pour le bocage se joignait à l'assistance aux sans-papiers de toutes origines.

— Ici, ça fi-inira en zoo des zadistes ! prophétisa-t-il.

Il était difficile d'arrêter sa logorrhée. Elle n'avait rien d'un délire, mais devenait gênante en prenant toute la place. Tout était prétexte au vieil homme pour raconter quelque chose de nouveau, souvent tiré des nombreux voyages qu'il avait faits jadis. Ayant entendu qu'il y avait des scientifiques dans la pièce, il se lança dans l'explication d'une technique de multiplication avec les doigts, puis expliqua qu'il avait fait un jour une découverte :

— Pour a-ajouter les nombres entre eux, un plus deux plus trois plus qua-atre-vingt-dix-neuf, il faut changer l'ordre. Un plus qua-atre-vingt-dix-neuf ça fait cent, deux plus qua-atre-vingt-dix-huit ça fait cent aussi, trois plus qua-atre-vingt-dix-sept ça fait cent...

La femme de la musique des sphères chuchota à Camille sur le ton de la plaisanterie :

— C'est pythagoricien, ça aussi ?

La réponse était oui. C'étaient effectivement les pythagoriciens qui avaient eu l'idée de triangles de points : un point sur une première ligne, deux points sur une deuxième, et ainsi de suite, pour former un *nombre triangulaire*. Le n-ième nombre triangulaire, somme des entiers de 1 à n, est égal à $n(n+1)/2$. Le vieil homme n'avait pas découvert cette formule, mais ce qu'il avait compris sur l'ordre de sommation était un premier pas fondamental dans cette direction. Les bribes de son savoir sur cette question ne devaient pas être si éloignées de celles des premiers pythagoriciens.

Camille jubilait. Serge tâcha de ne pas montrer son agacement.

Les gens allaient et venaient, apportant leur pierre à l'après-midi puis repartaient. Un homme entre deux âges s'installa à côté de Serge. Avec sa casquette, son treillis militaire et sa barbe, il évoquait irrésistiblement Fidel Castro.

— Un peu bizarre, pour un anar, de porter une tenue de soldat, lui dit Serge pour entamer la conversation.

— J'ai tout perdu pendant les dernières expulsions, répondit l'intéressé sans nulle trace de déception. Quand les flics ont débarqué, je suis allé au contact. Quatre mois et demi de prison. À mon retour mes affaires n'étaient plus là, alors j'ai pris ce que j'ai trouvé.

Il tendit la main sur une étagère derrière lui pour se saisir d'une bouteille sans étiquette remplie d'un liquide sombre.

— Un coup de cidre ? C'est du pur *made in ZAD*.

Joignant le geste à la parole, il se remplit un grand verre de l'improbable potion, ne se départissant pas d'un sourire en coin qui teintait tout ce qu'il disait d'une connotation ironique. Pour ne pas le vexer, Serge se servit un fond de verre, qu'il porta à ses lèvres.

Pouah !

Il fallait une grande imagination gustative pour qualifier de cidre cette sorte de vinaigre de pomme. Comment donc pouvait-on boire avec plaisir une telle horreur ?

— C'est avant tout un souvenir du front, expliqua Fidel Castro. Pendant l'évacuation, c'est ça qu'on buvait le soir après les combats. Ce goût acide, c'est le goût de la lutte. Ce que tu bois, c'est le cidre de la résistance à l'oppression.

Serge se retint de répliquer que la résistance à l'oppression avait fort mauvais goût.

— Tu comptes t'installer ici ? glissa-t-il à Camille une fois qu'ils furent ressortis.

— Bien sûr ! Quoi de plus glorieux que de devenir pythagoricien ? Sache qu'à l'époque, les plus hauts dignitaires faisaient des pieds et des mains pour avoir le droit d'en être.

— Tu sais quand même qu'un de ces jours les forces de l'ordre reviendront pour vous jeter dehors une fois pour toutes, Pythagore ou pas ?

— Évidemment ! Ils vont essayer de recommencer leurs persécutions du ve siècle avant notre ère. À l'époque ils ont réussi à nous disperser, mais cette fois, nous sommes prêts à les recevoir. Ce sera notre revanche.

23. Le désaccord de trop

— On n'a pas le droit de faire ça, et c'est franchement dégueulasse en plus d'être de la psychologie de comptoir qui a toutes les chances d'échouer, dit Sophie Brinier.

Elle avait tout encaissé jusque-là, mais ce qu'il comptait faire dépassait sa capacité à tourner le dos à son éthique et son humanité.

— Il y a d'autres méthodes, insista-t-elle. Je sais qu'on est dans une équipe de machos, mais ça m'étonnerait franchement que l'idée soit validée par la hiérarchie.

— Huvillier est d'accord, répondit son coéquipier Xavier Yppeles, donc pas besoin de demander plus haut. Je suis déjà en contact avec nos deux hommes sur place.

Elle prit son inspiration plusieurs fois, pour sonder son âme et décider de la conduite à tenir. Se décider enfin ? Un rien pouvait la faire basculer.

Les occasions d'un tel rien avaient été nombreuses ces dernières semaines.

Et cette fois le mouvement en elle se produisit. Enfin.

— Je vais te dire quelque chose que je te demande de bien enregistrer parce que je ne le dirai qu'une seule fois, dit-elle. Surtout, je ne veux pas que tu ouvres ta grande gueule pendant que je parle. Je veux que tu m'écoutes attentivement jusqu'au bout. J'apprécierais aussi que tu continues à la boucler après que j'ai fini de parler.

Yppeles se contenta de hocher les épaules en signe de vague acquiescement.

Elle savait fort bien qu'il était le dernier à qui il était opportun de se confier. Elle aurait pu le dénoncer en plus haut lieu, tout simplement, mais ce n'était pas son genre. L'aurait-elle fait que la réputation de balance qui eût désormais été la sienne eût été difficile à porter au sein de l'équipe.

La vérité, c'est qu'elle n'en pouvait plus de travailler pour cette hideuse officine, dont son coéquipier incarnait toutes les tares à lui tout seul. Dix bonnes minutes furent nécessaires pour le dire et le redire, de toutes les manières possibles.

Cynisme. Indifférence aux autres. Insupportable sentiment de supériorité. Aucune éthique. C'était moins à Yppeles qu'elle parlait qu'à elle-même, ressassant sa rage d'avoir si longtemps participé à des actes dont le fond commun était la destruction méthodique de toute valeur morale. Elle n'en pouvait plus d'être un docile soldat de l'armée des inhumains.

Comme promis, à la fin de la tirade Yppeles s'abstint de toute réaction – moins pour tenir parole que parce qu'il sentit que c'est de cette manière qu'il agacerait le mieux celle qui serait bientôt son ex-équipière. En ordonnant le silence, Sophie s'était donné l'occasion de libérer sans frein ce qu'elle avait sur le cœur, mais privée d'une réaction qui lui aurait montré qu'elle n'avait pas parlé dans le vide. La conversation ne se prolongea donc que sous la forme de son monologue intérieur, où elle déploya encore et encore pour elle-même ses arguments toujours plus convaincants, toujours plus définitifs, toujours plus irréfutables.

Elle avait enfin trouvé ce courage qui lui avait manqué. Dans quelques heures tout au plus, elle aurait rendu son téléphone et ses badges, et serait définitivement rayée de la liste des employés.

Elle ressentit par avance un profond soulagement.

24. Visite de la ZAD

Camille ne logeait pas à la ZAD, Serge Nalliens se rendit seul à vélo là où l'attendrait un matelas pour la nuit. Ayant mal regardé sa carte, il se trompa de route en voulant rejoindre le carrefour de la Saulce. Il passa à côté de quelques cabanes indigentes, aux murs faits de tôle ondulée et de planches de bois disposées n'importe comment au gré de ce que leurs occupants avaient déniché ici et là. La surprise se produisit lorsqu'il se retrouva soudain hors de la ZAD, sur une route bordée de belles maisons aux jardins élégants. Sans crier gare, les cabanes misérables avaient cédé la place aux habitations bourgeoises en pierres apparentes. Alors que plus tôt Serge était arrivé sur la zone sans s'en apercevoir, quitter brutalement cette atmosphère pour se retrouver dans une campagne ordinaire et attrayante lui fit un choc considérable.

Il n'avait pas changé de route, il avait changé d'univers. Là où le chaos se faisait cosmos. La frontière entre les deux mondes n'avait pas besoin d'être marquée, elle surgissait d'elle-même et hurlait sa présence. Une ligne de front. Entre les jardins de pénurie et les bosquets taillés, la guerre était sans merci et profondément inégale. Son issue ne faisait aucun doute.

Une fois son chemin retrouvé, Serge se rendit aux Fosses Noires, une grande bâtisse au milieu des herbes et des arbres qui avait tout d'une maison de campagne. Le confort y était très sommaire, mais selon les standards de la ZAD il s'agissait d'un hôtel de luxe. Serge entra par une grande pièce qui servait de salle commune. Il fut accueilli par la main amicalement tendue du pseudonymé Chao, un petit homme carré, barbu et portant des dreadlocks.

Chao ne demanda pas à Serge de décliner son identité, ni combien de temps il resterait. Il ne parla pas d'argent. Le prix du séjour était libre, on mettait le montant qu'on voulait dans une boîte de conserve percée disposée dans un coin.

Serge pouvait piocher dans le garde-manger collectif aussi bien qu'y déposer ses propres provisions. Contre le mur du fond se trouvait un évier qui servait à laver la vieille vaisselle dépareillée.

À côté se trouvait un réfrigérateur sans âge, à la cuve parsemée de taches suspectes qui n'incitaient guère au stockage de denrées. Une cuisinière à gaz, à l'émail recouvert de crasse, était également à disposition. Le briquet pour l'allumer était vide, mais produisait une étincelle qui permettait, au prix d'une certaine patience et d'une forte odeur de gaz, d'allumer les brûleurs.

Aux Fosses Noires non plus Serge n'eut pas le courage d'évoquer sa fille. Il comprenait confusément qu'il était trop tôt, qu'il devait d'abord mieux comprendre le monde dans lequel elle vivait. De plus, à la ZAD, le temps ne s'écoule pas comme ailleurs. Les jours se ressemblent trop pour songer à se presser.

Dans le grand atelier attenant à la salle, trois jeunes travaillaient sur un tour à métaux. Juste derrière l'énorme appareil se trouvait la volée de marches en bois qui montaient vers les combles. Là, une vingtaine de matelas étaient disposés les uns à côté des autres. Chao y mena Serge et lui désigna le coin où quelques matelas étaient isolés des autres par des tentures de fortune. Un coup d'œil à l'un d'eux fit dire à Chao que personne n'y dormait en ce moment. S'y trouvaient pourtant un sac de couchage déplié et quelques frustes affaires personnelles mais, sans chercher plus loin, Serge opina et déposa ses affaires. Il pouvait presque croire que c'était une chambre. Un enrouleur électrique qui parvenait au pied du matelas permit à Serge de brancher son smartphone. Preuve ultime que décidément rien ne manquait : le réseau 4G fonctionnait sans problème.

Chao logeait dans une aile séparée de la grande bâtisse, dont Serge eut brièvement l'occasion de voir l'intérieur le lendemain. On ne pouvait certes pas parler de maison bourgeoise, mais on n'en était pas moins à mille lieues des cabanes misérables qui parsemaient la ZAD. Les Fosses Noires représentaient donc l'une des places fortes de l'aristocratie zadiste, l'une de ces maisons en dur que les gendarmes mobiles n'avaient pas attaquées – non sans que certains zadistes ne se soient plaints de cette discrimination sociale dans les opérations d'évacuation.

Serge apprit tout cela, et bien plus encore, lors de la soirée qu'il passa avec trois jeunes en visite. N'était son décor spartiate, cette soirée se déroula de la même manière que les centaines qui se déroulaient au même moment dans les auberges de jeunesse et les foyers d'accueil du monde entier. À peu de chose près, un espion qui aurait suivi la conversation grâce à un micro caché aurait été incapable d'imaginer qu'elle se déroulait dans une

« zone à défendre ». Deux des jeunes discutèrent des mérites comparés des derniers smartphones de chez Samsung et de chez Apple. On débattit pour savoir lequel, du vélo ou de la moto, était le moyen de transport qui offrait le plus de liberté. Chacun raconta les voyages qu'il avait faits, les gens qu'il connaissait, ses projets plus ou moins vagues.

C'est finalement Serge qui se montra le plus original, en profitant du moment où la conversation roulait sur l'environnement. Alors que les propos étaient enduits des banalités coutumières sur le sujet, il expliqua en termes prudents sa position critique sur le climat, sans bien sûr entrer dans les détails scientifiques de ses expériences. Il s'imaginait qu'une telle position lui vaudrait la réprobation générale, car il ignorait encore que, d'une manière générale, les citoyens aiment discuter et sont le plus souvent bien plus ouverts aux opinions non conformes que ne le sont les dirigeants, les médias et certains scientifiques.

Les réactions de ses compagnons de soirée furent à l'image de celles qui se seraient produites n'importe où ailleurs. L'un des jeunes, à l'évidence le moins éduqué des trois et qui raisonnait de manière surtout émotionnelle, s'étonna grandement que le CO_2 fût le gaz le plus essentiel à la vie des plantes, et que son accroissement dans l'atmosphère depuis la révolution industrielle fût si directement responsable du spectaculaire verdissement de la planète observé par satellite depuis près d'une quarantaine d'années. Indigné qu'on le lui eût si longtemps « caché », il se déclara le plus fervent des militants climatosceptiques, d'ores et déjà certain de s'engager ainsi pour le triomphe de la vérité.

Le second des présents, qui avait un diplôme d'ingénieur, connaissait davantage le sujet. Il était notamment au courant que le CO_2 était un gaz inoffensif pour la santé, et qu'il ne fallait pas confondre le problème de la pollution avec celui du climat. Il était en revanche convaincu des dangers d'un réchauffement causé par l'homme, et défendit intelligemment sa position. Avant d'entrer en révolte contre la société, il avait travaillé pour le compte de l'industrie automobile. Serge n'avait pas étudié la question du *greenwashing* auquel se livraient volontiers les grandes entreprises, mais il comprit qu'il ne faudrait en effet probablement pas compter sur elles comme sur des alliées objectives. Les marchés du carbone, les crédits d'impôts pour la transition énergétique et autres montages financiers « éthiques » étaient, pour elles, autant d'occasions de faire des affaires.

La vérité d'un entrepreneur n'est ni scientifique ni morale. Elle n'est pas non plus le contraire. Elle est financière.

Le dernier des trois compagnons de Serge était, lui, étudiant en droit de l'environnement. Conditionné comme tout un chacun à croire que l'homme déréglait le climat, il n'avait toutefois jamais creusé la question, et se montra intéressé d'en apprendre davantage sur un point de vue qu'il ne connaissait guère. C'était bien sûr la première fois qu'il voyait un climatosceptique en chair et en os, ce qui suscita chez lui quelques interrogations. Une fois acquise la certitude que Serge n'était pas financé par quelque lobby pétrolier (ce dont il s'assura en lui demandant, l'air de rien, quel était son métier), il se montra ouvert à la discussion. Preuve que, sans être convaincu, il était tout de même troublé, il interrompit plusieurs fois l'une de ses parties d'échecs pour poser quelques questions, dont l'incontournable : « Mais alors, si ce n'est pas le climat, qu'est-ce donc qui provoquera l'effondrement ? » Sa position de principe était qu'effondrement il devait y avoir, et dans un avenir proche. La cause de celui-ci importait peu : tout serait bon à prendre pour justifier qu'on s'inquiète de l'avenir et qu'on proclame l'urgence de la lutte.

Pris ensemble, les trois jeunes reflétaient donc très bien les principales positions à envisager face à la découverte de Serge. Le vieil homme rencontré plus tôt dans l'après-midi avait raison : la ZAD était bel et bien le reflet en miniature de la société tout entière.

La nuit sous les combles vit la pluie pianoter occasionnellement sur le toit et le vent siffler dans les arbres. Le froid se glissait partout. Serge ne put le vaincre qu'avec quatre couvertures. Ce ne furent pas les bruits pour lui inhabituels de la campagne nantaise qui l'empêchèrent de dormir, mais la récapitulation des événements de la journée. Il lui fallait digérer le souvenir de tous ces gens et toutes ces choses inattendues qui se pressaient dans sa tête comme autant de nouveautés auxquelles il n'était pas préparé.

Le chant des coqs succéda au hululement des chouettes. Des oiseaux se firent entendre à leur tour. Serge venait de passer l'une de ces nuits où l'on ne sait dire si l'on a dormi ou non.

Après le petit déjeuner, il proposa sans succès son aide à Chao, qui se préparait à aller écraser des pommes avec quelques amis. Déçu, il monta sur son vélo pour se promener dans la ZAD, espérant confusément croiser sa fille. Personne ne sait jamais exactement combien de personnes résident à la ZAD, car beaucoup de ses habitants n'y vivent en réalité que quelques mois ou quelques semaines dans l'année. Au plus fort ils se comptent en centaines, disséminés sur les quelque deux mille hectares de la zone. À ce moment de l'année où le froid et l'humidité commençaient à submerger le bocage, Serge estima que les zadistes devaient plutôt se compter en dizaines.

En se promenant au milieu des arbres, il aperçut un jeune homme au regard vague et à la voix absente qui mêlait de l'eau à de la terre argileuse. Il s'agissait d'un plâtre artisanal destiné à boucher les larges fentes de sa petite cabane, construite avec des planches trop mal assemblées. Serge douta que l'idée fût bonne mais, content de trouver l'occasion d'aider et de discuter, offrit son aide, se saisit d'un seau d'eau et entama les allers-retours jusqu'à une citerne.

Tandis qu'il remplissait à nouveau son seau, il reçut un message de sa cousine Claudia, qui lui donnait quelques détails sur les obsèques à venir de Jean-Jacques. Elle était par ailleurs tombée sur un article de *Libération* qui s'en prenait aux climatosceptiques en parlant de « carbo-fascisme[1] ».

1. www.liberation.fr/planete/2018/10/10/bolsonaro-trump-vers-un-carbo-fascisme_1684527/

Claudia étant du genre à volontiers s'amuser de ce genre d'excès, la conversation s'engagea par messages, auxquels Serge répondit d'autant plus maladroitement qu'il était toujours encombré de son seau :

> Carbo-fascisme, c'est pas mal comme expression… On sent bien l'idée du « mal ». C'est à la fois infantile et distrayant pour le bon peuple… Je pense que tu vas avoir l'honneur de jouer les grands méchants loups… Faut aimer, mais comme c'est Halloween bientôt, tu dois pouvoir trouver facilement des cornes de diable et une queue fourchue… Ce que personne ne distingue (et c'est malheureux pour toi), c'est qu'il existe deux positions différentes sur le sujet… La première est la position libérale, qui considère la réglementation sur l'environnement comme un problème car elle freine le capitalisme… Et puis il y a la position scientifique qui, elle, est parfaitement dans son droit d'analyse. Et en plus, elle a raison, au moins dans sa prudence analytique… Je ne suis pas sûre que l'écrasement des deux positions soit profitable intellectuellement à la deuxième. Mais en revanche, celle-ci est sans doute renforcée politiquement par cette association… T'as plus qu'à être vraiment de droite… À terme, la science prévaudra. Ce sera quand plus personne n'en aura rien à faire… C'est le truc de Furet sur la Révolution française. Il a raison. Au XVIIIe siècle, les gens s'écharpaient sur les invasions franques, et sur la répartition après la conquête entre les nobles vainqueurs et la plèbe conquise… Évidemment, c'était n'importe quoi, vainqueurs et vaincus se sont gentiment mariés…

Tout le monde l'a su, et tout le monde s'en est foutu parce qu'une autre idéologie prenait le relais, celle de la Révolution, qui catégorise les gens d'une autre manière… De nos jours, c'est le tour de l'écologisme, qui permet des partitions simples et connes… Le fond scientifique de l'affaire, tout le monde s'en balance : les libéraux craignent la réglementation, les gauchos rêvent du voyage de Bougainville… Ce sont des analogies idiotes, mais il faut bien que les cons pensent… Les scientifiques reprendront les manettes quand il n'y aura plus personne pour vouloir se battre… D'ici-là, on risque la décroissance politique autant qu'on risquait le retour à la nature au XVIIIe siècle… On est plus en train de jouer à la bergère que de transformer le monde en Larzac… Genre toile de Jouy… Marie-Antoinette au hameau de la reine…

Serge, qui n'avait dit à personne qu'il se trouvait à la ZAD, se demanda si Claudia avait des antennes. Il posa son seau trop rempli pour envoyer un cryptique « Il était une bergère… », se réservant pour plus tard d'étonner sa cousine. Il s'imagina qu'il serait sans doute amené, un jour, à raconter ce qu'il avait vécu lors de ces jours si particuliers. Comment évoquerait-il son passage à la ZAD, enclave improbable de son histoire ?

La veille, un zadiste avait raconté l'anecdote d'une grosse branche d'arbre tombée miraculeusement sur le chemin de la Wardine au moment précis où l'alerte sur l'arrivée des gendarmes mobiles avait été donnée lors des évacuations de 2018. Les oracles zadistes avaient interprété l'événement comme le signe que la nature elle-même les protégeait. Camille avait bien entendu apporté foi à l'épisode, invoquant un Grec de l'Antiquité nommé Jamblique, auteur d'une *Vie de Pythagore* dans laquelle il est raconté que Pythagore commandait aux tempêtes… Le critère qui permet de faire le tri entre le réel et l'imaginaire découle souvent du théorème bien connu selon lequel la réalité dépasse la fiction. Celui-ci a pour corollaire que ce sont les épisodes les plus improbables ou les plus artificiels qui ont le plus de chance d'être authentiques. Avec son échange avec Claudia, Serge sentit tout de même que ce corollaire avait ses limites.

Le bruit d'un petit groupe de personnes qui discutaient sur la route non loin de là le tira de ses réflexions et lui fit dresser l'oreille. Il se hâta discrètement dans la direction des quelques voix. Et il la vit. Elle était là à discuter tranquillement avec quelques amis, à côté d'une camionnette.

Brune. Sa fille.

Personne du groupe n'avait encore aperçu Serge, resté derrière un bosquet. Il prit un instant pour observer la scène. Il avait aussitôt reconnu le visage vif et enjoué sous ses haillons qui semblaient le fin du fin de la mode zadiste. Il fut rassuré de la deviner en bonne forme. Il n'entendait pas pourquoi, mais le groupe se séparait petit à petit, comme si chacun se voyait à son tour désigné pour une tâche à accomplir dans un endroit différent. Vint le tour où Brune s'éloigna à son tour. Serge se saisit aussitôt de son vélo pour la rejoindre.

— Bonjour ma grande, lui dit-il d'une voix remplie de douceur juste avant d'arriver à sa hauteur.

La surprise la changea en statue.

— Bonjour. Bonjour Papa.

Serge ne lui laissa pas le temps de reprendre ses esprits, tout en se gardant de la brusquer. S'il avait essayé de la prendre par la main pour la ramener à la maison, le charme aurait été rompu.

— Jean-Jacques est mort, dit-il simplement.

Elle baissa la tête en recevant la nouvelle.

— On l'enterre quand ?

— Lundi de la semaine prochaine, aux Mouffliers.

— C'est tard, non ?

— Un délai pour l'enterrement a été accordé pour laisser aux enfants le temps de revenir de l'étranger. Aurélie vit en Afrique du Sud, Francis au Brésil…

Brune ne parvint pas à regarder son père dans les yeux. Elle se refusa à lui demander comment il l'avait retrouvée. Elle n'aurait de toute façon pas eu le cœur à faire un esclandre. Il était trop tôt pour une réconciliation, mais trop tard pour une querelle.

— C'est gentil d'être venu me prévenir.

Sans un mot de plus, elle tourna les talons et s'engagea sur le chemin. Serge ne commit pas l'erreur de tenter de la suivre.

25. Nouvelle vie

— Ça fait trois ans, c'est bien ça ?

— Oui, avoua Sophie Brinier. Tu m'en veux ?

Elle savait que non. C'était elle qui s'en voulait à elle-même.

— Tu sais, répondit elliptiquement Sophie Keldesh, j'ai signé un contrat il y a cinq ans avec un de mes auteurs en lui accordant un à-valoir de 2 000 euros. Je suis sans nouvelles depuis.

— Les salauds c'est à ça qu'ils servent : à ce qu'on pardonne plus facilement à ceux qui le sont moins.

Sophie Brinier balaya du regard la grande salle du restaurant, se demandant combien, parmi les clients, répondraient à ce qualificatif. La dernière fois qu'elles s'étaient quittées, elle avait promis de rappeler rapidement mais ne l'avait pas fait. Rien que de très banal dans le tourbillon de la vie, il est vrai. Le problème, c'est que les retrouvailles du jour n'étaient pas complètement désintéressées.

— Partout où j'ai été j'ai toujours fait correctement mon travail, dit Sophie Brinier. En professionnelle. On me paye, j'exécute sans discuter et sans état d'âme. Jusqu'au jour où ma conscience dit stop.

— Oui, c'est embêtant d'avoir une conscience quand on veut faire carrière. C'est pareil partout, mais je suppose que là où tu travaillais, c'était plus exacerbé qu'ailleurs.

Sophie Brinier n'avait dit que des généralités sur le travail qu'elle venait de quitter, sur l'officine qui l'employait, sur ses relations avec son collègue Xavier Yppeles. Sophie Keldesh avait compris à demi-mot. Elle ne montrait pas de signe de rancune et acceptait volontiers l'éventualité d'être la planche de salut pour son ancienne amie.

— Passer du renseignement privé à l'édition, dit-elle, est un parcours tout à fait rationnel. Je dirais même qu'en venant travailler avec moi tu vas enfin rejoindre la modernité.

— Voyez-vous ça.

— C'est très clair. La Bruyère se plaignait déjà que tout était écrit, et aujourd'hui c'est encore pire : tout est vu, lu, connu. Si quelqu'un sait, c'est que tout le monde sait aussi. Ce doit être terrible pour les barbouzes de l'ancien monde, ou les orfèvres du camouflage des micros et les spécialistes du ciblage de personnes triées sur le volet. Maintenant, les vrais professionnels sont les romanciers. Le successeur de l'espion traditionnel n'est pas celui qui obtient l'information vraie, mais celui qui lance la bonne information fausse. Un raconteur d'histoire, qui a besoin d'un éditeur, même si on l'appelle pas comme ça.

— Un éditeur de *fake news* ?

— Exactement. Si nous avions un peu moins d'éthique, nous créerions une maison d'édition spécialisée dans les belles histoires fausses que les gens auraient envie de croire.

— Ce serait quand même un tout petit peu illégal.

— Même pas. On ne compte plus les éditorialistes, les personnalités politiques ou les simples militants qui relayent le plus sérieusement du monde des « infos » pourtant tout droit sorties de sites explicitement parodiques. Trouver le vrai derrière le faux, c'est démodé. Maintenant il convient d'inventer le faux qui supplantera le vrai, en choisissant le bon moment pour un lancement sur le marché.

— L'auteur pour l'histoire, l'éditeur pour la date de publication. Pas bête.

— Tout ça n'est même pas si nouveau. Souviens-toi de nos cours de latin de première année : « *Fere libenter homines id quod volunt credunt.* »

Les hommes croient volontiers en ce qu'ils désirent… Oui, ce bon vieux Jules César en connaissait déjà un rayon en *fake news*. D'ailleurs, ses *Commentaires sur la guerre des Gaules* n'étaient-ils pas, au fond, un beau roman de batailles à sa gloire, habilement déguisé en livre d'histoire ?

— D'accord, s'amusa Sophie Brinier. Je propose qu'on appelle cette nouvelle maison d'édition *Plus vrai que nature*.

Elles mêlèrent leurs rires, ce qui acheva de convaincre Sophie Keldesh que retrouver sa vieille amie n'était pas une bête rêverie nostalgique. Elles auraient de belles choses à faire ensemble, comme aux riches heures de leurs années d'études.

— Tu devais avoir besoin de cette plongée dans un monde différent, poursuivit Sophie Keldesh un brin maternelle. Ça t'a donné un vécu. Ça me changera de mes stagiaires étudiantes en lettres qui croient avoir tout compris de la vie depuis qu'elles se sont mises d'accord avec leur colocataire pour savoir qui ferait la vaisselle.

Dans cette brasserie non loin de Beaubourg, Sophie Brinier revivait déjà. Elle se libérait enfin des oripeaux qu'elle avait dû revêtir, pour revenir à des choses plus simples, plus consensuelles.

— Là d'où je viens, dit-elle, j'étais dans une équipe très fière de ne pas penser comme tout le monde, qui savait très bien déguiser des arguments banals en raisonnements profonds. C'est ce genre de mécanisme qui fait qu'un connard comme Trump avait pu être élu à la Maison-Blanche, alors même que la vraie place de ce nul était au bistrot à refaire le monde avec ses potes devant son pastis. Tous ces gens qui haïssent les pensées qui dérangent leur petite mentalité, ces gens remplis d'idées étriquées qui ne servent qu'à justifier l'injustice de l'ordre établi... Tout ce qu'ils veulent, c'est qu'on ne change rien au monde tel qu'il va. Une vraie assemblée de lemmings. Améliorer les choses, explorer d'autres voies, voilà ce que les gens sincères essayent de faire. Maladroitement, oui. Ils sont humains comme les autres, pas toujours des saints ni des lumières. Il n'empêche que quand on voit l'état du monde, on n'a pas à être fiers de ce qu'on a fait, et on devrait peut-être penser enfin à faire loyalement une place à ceux qui essayent de réfléchir autrement.

Sophie Keldesh répondit en caricaturant une voix de P-DG :

— Notre activité dans le secteur de l'environnement se développe. Nous avons des conventions avec plusieurs collectivités locales pour éditer des livrets numériques. Nous négocions actuellement avec la fondation Bill Gates la conception d'une brochure de luxe trilingue pour le site de Zermatt, en Suisse. Un petit voyage dans la région du Cervin…

Mais Sophie Brinier avait d'abord un voyage intérieur à terminer.

— Je ne donne pas une semaine avant que tout le monde au bureau nous appelle « les deux Sophies », dit encore Sophie Keldesh. Ne te vexe pas si je deviens Sophie Un et toi Sophie Deux…

— Le cadet de mes soucis.

Disparaître à jamais de tout ce qui concernait Geocratia était tout ce qu'elle attendait. Elle savait qu'elle faisait le bon choix.

26. La Grée

Lorsqu'à la nuit tombée Serge posa le pied à terre pour garer son vélo aux Fosses Noires, il fut frappé par le sentiment d'être rentré à la maison. Il n'avait passé qu'une seule nuit à la ZAD et il s'y sentait déjà chez lui.

Il avait pénétré de plus en plus profondément dans cet univers à part. Le carrefour de la Saulce, la Wardine, la Noë Verte, le Très Petit Jardin… les noms improbables peuplant la zone n'avaient désormais pas plus de secrets pour lui que la carte topographique du lieu, qu'il sortait fréquemment de sa poche. Lui aussi, désormais, ne désignait plus la Rolandière autrement que comme la Rol'. Même l'entrevue avec sa fille ne lui était qu'un souvenir parmi d'autres, au milieu de ce qui devenait une vie nouvelle.

Ayant rencontré du monde un peu partout, il retrouvait désormais un visage connu à chaque fois qu'il arrivait quelque part. Suffisamment au courant de tout ce qui se passait dans la zone, il renseignait les uns et les autres sur le besoin ponctuel de main-d'œuvre sur le chantier du Liminbout, sur le jour et l'heure de la prochaine camionnette pour les courses collectives à l'hypermarché, ou sur l'annulation de l'atelier « déconstruction des stéréotypes » au Rosier. À la Rolandière il avait eu une brève discussion avec une visiteuse qui notait, étonnée, que la salamandre était l'emblème de la ZAD. Il avait aussitôt rectifié : le dessin représentait bien sûr un triton crêté, une espèce particulière découverte ici et qui illustrait la biodiversité remarquable du bocage.

Ce processus d'intégration aurait pu le pousser à poursuivre l'expérience, mais ce fut l'inverse qui se produisit. La routine naissante lui faisait atteindre les limites de ce qu'il pouvait apprendre ici à court terme. Quand on le découvre, l'ennui des autres est distrayant. Quand il devient à soi, il est temps de partir. Il décida de rentrer le lendemain, tout en devinant que Chao ne manquerait pas de lui demander quand il reviendrait.

En entrant dans la grande pièce froide et mal éclairée, il tomba nez à nez avec une femme d'une cinquantaine d'années qui se désolait devant quelques cageots vides.

— La fournée du jour a été littéralement dévalisée, lui expliqua-t-il. Il n'y a pas eu assez de pain pour tout le monde. Kouly s'est un peu énervé tout à l'heure, parce que certains en ont pris plus que leur part, pour en congeler.

— Et mon petit déj' de demain ? se lamenta la femme. D'habitude je prends un pain à la farine de blé noir, je suis allergique au gluten. Tu viens d'arriver ? Je m'appelle Pétale.

— Serge. Attends, j'ai peut-être quelque chose…

Le site internet de la ZAD lui avait appris que les visiteurs se devaient autant que possible d'être autonomes en nourriture, il avait donc fait les courses avant de venir. Il s'était d'ailleurs naïvement posé la question du choix du magasin. Les deux acolytes rencontrés à l'institut lui ayant utilement fait comprendre que la ZAD n'était pas un repaire d'écolos des villes, il avait voulu éviter les magasins comme *Monoprix*, dont les produits industriels bien-pensants avaient tous les risques de l'étiqueter comme bobo urbain. Il s'était donc plutôt rendu à l'épicerie végane près de chez lui, pour constater que la récupération marchande de l'écologisme branché avait gagné davantage de parts de marché qu'il l'avait cru.

Mais en réalité cela n'avait aucune importance. Comme lui avait dit cette femme plutôt bienveillante, à la ZAD le problème n'était pas de manger bio mais de manger tout court. La qualité environnementale, gustative ou nutritive des aliments était loin d'être le souci premier.

Lorsqu'il tendit la boîte de biscuits sans gluten, Pétale ouvrit de grands yeux reconnaissants :

— T'es sûr que tu me les laisses ? C'est super cher, ces produits spéciaux.

Un étrange effet de sa présence sur la ZAD était que Serge s'éveillait à la joie d'être généreux. Bien sûr, les quelques euros qu'avaient coûtés les biscuits n'avaient pas la même valeur pour lui que pour Pétale. D'une certaine manière il était dans la peau de ces riches propriétaires visitant leurs bonnes œuvres. Il éprouva pourtant le sentiment que sa générosité était vraiment désintéressée, que rien en lui n'essayait de se glorifier de son action. Il fut même gêné des remerciements empressés de Pétale, qui, il le sentait, risquaient de réveiller ce regrettable orgueil si prompt à se manifester lorsque nous faisons un don.

— Je vais à la Grée, dit Pétale sur un ton de défi. Le *dark side* de la ZAD. Tu m'y accompagnes, ou ça te fait trop peur ?

La Grée, Serge le savait, était la maison où se réunissaient les zadistes les plus radicaux. Ceux qui iraient volontiers « au contact » avec les forces de l'ordre, se mettraient en première ligne et tiendraient les barricades pour en découdre. À la Grée se discutait la situation des camarades emprisonnés. À la Grée se préparaient les projets de descente à Nantes pour saccager les vitrines des magasins des quartiers bourgeois. C'était l'endroit parfait pour en apprendre davantage sur le monde que sa fille Brune semblait vouloir rejoindre.

— Je suis terrorisé ! dit-il en emboîtant le pas à sa nouvelle amie et joignant son sourire au sien.

Après quelques pas à la lueur des torches de leurs smartphones, ils parvinrent dans un champ. Pétale réalisa qu'ils avançaient dans la mauvaise direction, les fit rebrousser chemin puis s'engagea sur la bonne route.

— Juste à côté, vers l'ouest, dit Serge, j'ai vu un endroit qui a l'air un peu spécial. Tu sais ce que c'est ?

Il parlait d'une bande de terre en bordure de la route, qui finissait par une tranchée mal remblayée derrière laquelle, sur un grand pin, une banderole abîmée annonçait fièrement : « Nos rêves ne sont pas légalisables ». Sans qu'il sache pourquoi, l'endroit lui avait paru dégager une atmosphère particulière.

— Le Gourbi, répondit sentencieusement Pétale. Un haut lieu.

L'épisode du Gourbi figurait au nombre de ces légendes zadistes qui ne mourraient jamais, et dont Serge songea qu'elle avait tout d'une œuvre d'art à la Banksy. Il s'agissait d'une cabane illégalement construite, détruite par les forces de l'ordre avant d'être reconstruite, puis détruite à nouveau et à nouveau reconstruite, et ainsi de suite. Pétale ne se souvenait plus si cela s'était terminé avec le Gourbi-VI ou le Gourbi-VII, toujours est-il que lors de l'évacuation de la ZAD en avril 2018, la cabane avait été détruite une fois encore. Elle allait alors ressusciter une ultime fois grâce à une grandiose action collective menée au beau milieu des journées de lutte. Durant les heures nocturnes où les gendarmes mobiles ne menèrent pas d'assaut, deux cents zadistes unirent leurs bras et soulevèrent une énorme charpente de la partie ouest de la zone, pour la porter à mains nues. Cet immense effort sur plusieurs kilomètres au cœur d'une nuit encerclée de deux journées de batailles rangées contre les gendarmes mobiles permit au Gourbi de se dresser une fois encore, fier comme au premier jour, au milieu des frissons des combattants.

Tous savaient que les engins des forces de l'ordre ne feraient qu'une bouchée de cette provocation. L'entreprise n'en était que plus héroïque.

Comme prévu, dès le matin la construction avait été mise à terre, faisant à jamais entrer le Gourbi dans la mythologie zadiste. Ceux qui avaient participé à cette édification à la gloire de l'inutile se reconnaissaient, dit Pétale, à l'étincelle particulière qui brillait dans leurs yeux lorsqu'ils évoquaient le haut fait.

Serge comprenait à présent pourquoi l'endroit l'avait frappé. Celui-ci ne contenait plus guère d'éléments matériels, mais il resterait pour toujours habité par l'Histoire.

La Grée était l'une des maisons en dur de la ZAD, à l'instar des Fosses Noires, de la Wardine et de quelques autres que Serge n'avait pas visitées. Pétale écarta le rideau qui servait de porte d'entrée, révélant un intérieur à la mode zadiste. Quelques habitants étaient affalés sur les canapés sans âge, dont l'homme en treillis que Serge avait rencontré plus tôt et intérieurement baptisé Fidel Castro.

Pétale eut beau présenter son nouveau compagnon des Fosses Noires avec le meilleur accueil dans sa voix, Serge comprit aussitôt qu'il n'était pas à sa place. Aucun des présents ne manifestait d'hostilité, mais l'indifférence collective valait exclusion. Serge sentit aussi que vaincre cette neutralité dissuasive l'aurait conduit sur un chemin trop sombre. De ces chemins faits de violence et de haine que suivent ceux qui ont rompu avec les repères sociaux et ne savent se construire intérieurement qu'en lisant chaque événement du monde comme l'expression de l'agissement de forces hostiles à combattre sans fin et sans frein.

La ZAD n'était pas composée que de sympathiques candidats au retour à la terre. Elle comptait aussi des hors-la-loi fiers de l'être, avec qui il valait mieux ne pas sympathiser.

Fort heureusement, Pétale avait aussi affaire hors de la Grée, ce qui leur offrit un prétexte pour ne pas s'attarder. Ils sortirent ensemble pour se rendre dans un pré voisin où se trouvait l'une de ces cabanes faites de bric et de broc. Sur le côté se trouvait une structure en bois plus haute qu'un homme, qui n'attira pas tout de suite l'attention de Serge. Deux hommes discutaient devant un feu de bois disposé dans une cuve en métal en forme de grand barbecue. La chaleur et la lumière du feu donnaient à la scène nocturne une ambiance de cocon.

— Je te présente l'extraterrestre ! dit Pétale à Serge. C'est notre être venu d'ailleurs, qui a élu domicile à la ZAD. Bon, en vrai, c'est surtout qu'il porte deux paires de lunettes, ça lui donne l'air d'un Martien…

— Enchanté de rencontrer un alien, dit Serge en tendant la main tout en se présentant à son tour.

— Et voici notre artiste, dit Pétale. C'est lui qui a fait l'œuvre, là-bas. Ah, évidemment, en ce moment c'est la nuit alors on ne la voit pas bien, mais reviens demain, tu verras comme c'est impressionnant. Tout le monde dit que c'est un avion qui s'est écrasé, rapport à l'aéroport qui devait être construit ici, mais…

— … mais ce n'est pas ça du tout, coupa l'intéressé qui avait renoncé à être compris.

— En un sens c'est plutôt bien que ton œuvre soit perçue autrement, tenta Serge. C'est la preuve que c'est une œuvre, justement.

— L'œuvre échappe à l'artiste, j'en conviens. Et toi, tu fais quoi ?

— J'enseigne les sciences.

— Ah ! Alors tu connais le nombre d'or. Est-ce que c'est vrai qu'il est partout dans l'univers ?

Serge n'avait pas envie de se lancer dans une discussion sur un sujet qui relevait plus de la numérologie qu'autre chose. Pourtant, l'une des lampes torches éclaira soudain la structure de bois qu'il n'avait qu'entraperçue en arrivant. C'était un grand morceau d'une toile qui devait être verte, et qui se trouvait fixée à l'intérieur d'un ensemble de tiges de bois assemblées en triangles.

Serge se surprit à sourire.

— Il est là, le nombre d'or, dit-il. Dans la construction. Ces cinq triangles fixés entre eux délimitent un pentagone régulier.

L'œil du scientifique qu'était Serge Nalliens ne pouvait s'empêcher d'analyser la structure géométrique de la construction. Une forme mi-pentagonale mi-hexagonale qui lui fit penser à divers polyèdres : icosaèdre tronqué, dodécaèdre... Ce dernier passe pour avoir été découvert par les pythagoriciens. Camille avait peut-être bien raison, après tout, s'amusa Serge intérieurement.

— Quelles nouvelles à la Grée ? demanda l'extraterrestre à Pétale.

— Ah, répondit-elle, je ne vais pas te raconter ça devant un visiteur !

Pétale n'avait pas l'intention de signifier à Serge qu'il était de trop, seulement que chaque chose devait venir en son temps. Serge n'en prit pas ombrage, mais profita de l'occasion pour prendre congé. Il était de plus en plus dans l'état d'esprit de quelqu'un qui se prépare à son voyage de retour.

— Je vous laisse, leur dit-il, vous avez des choses à vous raconter. Tu peux m'indiquer comment retourner aux Fosses Noires ?

Après avoir poliment insisté pour le faire rester, Pétale le conduisit, lumière du smartphone toujours en main, sur un large chemin au-delà du talus qui limitait le pré.

— Ce n'est pas par là qu'on est arrivés mais c'est le plus simple : tu vas tout droit jusqu'à la route et tu prends à gauche. L'entrée des Fosses Noires sera sur ta droite, quelques mètres plus loin.

— Merci Pétale, à un de ces jours. Content d'avoir fait ta connaissance.

— Moi aussi. Reviens nous voir !

Après un dernier salut, Serge s'engagea sur le chemin de terre. La nuit noire ne se laissait percer que sur quelques mètres avant d'avaler la petite lumière du smartphone. Serge dut contourner une grosse barricade faite de branches et de tôles, puis une énorme tranchée creusée juste derrière. L'attaque de la ZAD par les gendarmes mobiles en 2018 avait laissé derrière elle de ces scènes de bataille jusqu'au cœur de la forêt.

Tout seul dans les bois, au milieu de la nuit sur un chemin qu'il ne connaissait pas, Serge se souvint que Pétale avait commis une petite erreur tout à l'heure sur le chemin de l'aller. Si les instructions qu'elle lui avait données pour son retour comportaient elles aussi une « petite erreur », il aurait été bien incapable de la rectifier par lui-même.

Le parfait silence de cette nuit d'un noir d'encre fit s'approcher Jean-Jacques, l'oncle de Serge qui venait de mourir. Une telle visite n'avait rien d'extraordinaire, et Serge l'accueillit sans étonnement particulier. Lorsque les vivants éprouvent le besoin de réfléchir sur eux-mêmes sans se raconter d'histoires, lorsque la vie les conduit à retrouver un peu d'humilité, lorsqu'aussi cesse pour un temps l'agitation du monde autour d'eux, il est courant que les défunts en profitent pour venir discuter un moment. Les plus récemment disparus apprécient tout particulièrement de le faire.

— Drôle d'endroit pour passer tes vacances.

— Il n'y a pas de ZAD, là où tu es ?

— Non, mais il faudrait y songer. Après tout, il faut un paradis pour tout le monde. Même pour les anars.

Serge ne voyait pas Jean-Jacques, mais sa voix lui parvenait de façon parfaitement distincte. Une voix un peu abîmée par l'âge et toujours bienveillante. La voix d'un homme à peine fatigué d'avoir, toute sa vie durant, semé le bonheur autour de lui.

— Je suis content d'avoir pu prévenir Brune, dit Serge. J'espère que Monique tient le choc.

— Quel choc ? À cause de mon cancer, tu sais bien que j'étais déjà mort depuis un bout de temps. Mon corps est bien le dernier à avoir été mis au courant. Dieu l'a prévenu dans la nuit, c'est pour ça que je ne me suis pas réveillé.

— Ton esprit, lui, restera toujours parmi nous.

Le fantôme répondit par un silence.

— Tu sais… je n'ai pas l'intention de devenir un zadiste ! dit Serge un peu gêné.

— Je l'espère bien ! s'esclaffa joyeusement Jean-Jacques dont la voix s'estompait. Je ne sais pas si tu t'en rends compte, mais t'as quand même l'air d'un sacré couillon !

27. Départs pour Lisbonne

— Comment ça nos billets d'avion n'ont pas été réservés ? Qu'est-ce que c'est que cette histoire ? Nous devons...

— Rassurez-vous, vous partez bien comme prévu, mais pas de Chérémétiévo. Voici vos badges d'accès. Vous avez de la veine, vous allez voyager dans un Il-62. Allons, pressez-vous un peu, les voitures vous attendent en bas.

— Un Iliouchine ? Un avion présidentiel ?

— En effet. Ce qui explique pourquoi vous décollez de l'aéroport militaire.

— Cela signifie...

— ... que le président Poutine a choisi de prendre les choses en main. Il dirigera en personne votre délégation à la conférence de Lisbonne. Il vous expliquera ses objectifs pendant le voyage.

— Il aurait pu nous prévenir plus tôt, grommela l'un des négociateurs.

— Pour que vous alliez vous en vanter partout ? Les modalités de votre déplacement viennent d'être reclassées par la présidence elle-même en diffusion restreinte. Vous avez donc interdiction de faire les malins sur les réseaux sociaux, et plus généralement de faire savoir quoi que ce soit à qui que ce soit. Cette consigne ne sera levée qu'une fois que le Président aura fait connaître ses intentions.

Les négociateurs se regardèrent, ébahis. Jamais le climat n'avait été en tête des priorités du Gouvernement. La Russie avait signé l'Accord de Paris de 2015 mais ne l'avait pas ratifié. Et voilà que le Président lui-même avait décidé de les accompagner à une banale négociation technique ! Quelle mouche l'avait donc piqué ?

— Et heu… Qu'en est-il du protocole d'accueil sur place de notre Président ?

Kantorovitch était chargé de l'emploi du temps détaillé de la délégation. En pratique on le moquait régulièrement pour n'être jamais au courant de rien. Les négociateurs rassemblés au gratte-ciel du ministère des Affaires étrangères ne furent donc pas plus surpris de sa question que de son ton candide.

— Peu importe, lui fut-il répondu. L'essentiel, c'est que nous allons faire date.

***

— Les zadistes de Troiny essayent d'obtenir quelques accréditations grâce à une ONG influente, dit Yppeles. Ils vont partir à Lisbonne dans une camionnette qui leur servira aussi de logement. Leur objectif est de réseauter sur place, mais ils prévoient de faire un peu de barnum en début de conférence. Votre fille est du voyage.

— Votre collègue n'est pas là ? s'étonna Nalliens.

— Pour ce que nous devons préparer ma présence suffit.

— Nous n'avons rien à préparer ensemble, coupa Nalliens. Je ne veux rien avoir affaire avec vos coups tordus. C'est bien clair ?

Yppeles fixa Nalliens droit dans les yeux. Décidément ce petit prof ne lui plaisait pas.

— Lisbonne est une ville de plus de cinq cent mille habitants, répliqua-t-il. Quel est votre plan pour y retrouver votre fille ?

— Ne vous occupez pas de ça. Contentez-vous de me dire ce que vous savez.

Nalliens soutenait sans broncher le regard de brute de son vis-à-vis. En d'autres circonstances Yppeles aurait peut-être fait parler ses muscles, mais même lui savait qu'il ne pouvait pas tout se permettre. Il se consola en songeant à ce qu'il préparait à ce petit intello qui se prenait pour un caïd.

— Prenez vos quartiers dans le quartier d'Algés, dit-il finalement. C'est là que vous aurez la meilleure chance de croiser votre fille.

***

— Ça n'est pas de chance, répondit mielleusement le libraire. Toutefois, le hasard vous a conduit à la bonne adresse. J'aurais plaisir à vous aider, j'adore la physique. J'ai l'honneur d'être en relation avec des membres de l'Académie des sciences de mon pays, et je vends certains de leurs ouvrages de vulgarisation. Les négociateurs qui participeront à cette conférence sur le climat à Lisbonne seront ravis d'échanger avec un scientifique brillant tel que vous…

— C'est fort aimable à vous, répondit Sonneyer dans un russe très correct bien qu'un peu rouillé.

***

— Le car est prêt ! lança le chauffeur en démarrant le moteur. On y va !

— Bien joué Camille ! répondit Simonin dans un clin d'œil. Alors c'est parti !

Il y avait eu une longue discussion pour savoir s'il fallait aller à Lisbonne. Certains zadistes avaient objecté que participer à ce genre de grande réunion, fût-ce à la marge, était trop anthropocentré. D'autres, plus pragmatiques, s'étaient inquiétés des difficultés à se faire reconnaître par la *Climate Activists Organizations Federation* comme des interlocuteurs valables. Or sans l'appui de cette ONG devenue incontournable, il serait difficile de participer à quelque chose de significatif sur la zone de la conférence. Quelques-uns enfin, peu nombreux, avaient critiqué les émissions de CO_2 qui seraient la conséquence inévitable de ce voyage – mais on ne faisait pas d'omelette sans casser des œufs.

***

Le Président mexicain n'avait rien de particulier à dire à son homologue russe, mais l'idée d'embêter les États-Unis en faisant courir le bruit d'un rapprochement avec Vladimir Poutine le séduisait. Il était au courant de certains bruits selon lesquels la Russie avait l'intention de faire de Lisbonne une tribune et se demandait, avec quelques conseillers triés sur le volet, s'il serait opportun de se rendre lui-même à la conférence et d'y rencontrer les hauts dignitaires venus de Moscou, histoire de communiquer sur l'« indépendance » du pays.

L'idée fut repoussée. Que dirait-on d'un chef d'État qui, au moment d'une catastrophe majeure telle que l'éruption du Ceboruco, laissait les clés du pays aux Américains pour assister tranquillement à une conférence à l'étranger ?

Le Président resterait donc sur place pour continuer à faire semblant de contrôler la situation. On se contenterait d'envoyer à Lisbonne un représentant plus important que d'habitude, qui devrait s'afficher avec les Russes autant que possible.

28. Le coup de poing

L'appel n'avait pas duré une minute, mais il avait eu lieu et c'est tout ce qui comptait. L'enterrement à venir de son grand-oncle Jean-Jacques, ajouté à leur présence conjointe à Lisbonne, avait permis à Serge Nalliens de réussir à faire décrocher sa fille Brune. Rendez-vous avait été pris dans un petit parc du quartier d'Algés, à quelques dizaines de mètres à peine du bord de mer.

Nalliens y était en avance. Il en faisait et refaisait le tour en réfléchissant une nouvelle fois à ce qu'il dirait. Il devait lutter contre les ombres de leurs dernières discussions. Peut-être la verdure calme et le soleil, brillant mais clément, formeraient-ils un mur de dépaysement qui bloquerait par avance tout surgissement de haine. La seule ombre au tableau est que le parc était entièrement désert. S'y retrouver seul dans l'attente d'y retrouver sa fille lui donnait l'impression de se comporter comme un malfaiteur. Quand bien même il espérait, au contraire, remettre Brune dans ce qui était pour lui le droit chemin.

— *Me dê seu dinheiro !*

L'homme avait surgi de nulle part. Le placement de son corps et de ses bras lui permettait de menacer Nalliens de son couteau tout en soustrayant l'arme à la vue d'éventuels passants. La rapidité de l'homme davantage encore que sa phrase en portugais imposa quelques instants à Nalliens pour réaliser ce qui se passait.

Les quelques arbres environnants suffisaient à former l'arène secrète d'un combat inopiné, dont l'issue ne faisait aucun doute. Résigné, inquiet de ce qu'il dirait à sa fille davantage que de la perspective de se faire dépouiller, Nalliens porta lentement la main à la poche intérieure de sa veste. S'il donnait son portefeuille, sans doute le détrousseur s'en contenterait-il ?

— *Sua jaqueta !*

L'homme saisit le col de sa propre veste pour illustrer la nouvelle injonction, tout en s'assurant que toujours personne ne se trouvait dans les environs. Nalliens songea que, pour oser agresser ainsi quelqu'un en plein jour en pleine ville, l'homme avait sans doute des complices guetteurs.

Nalliens se fichait d'être ainsi détroussé, et redoutait surtout d'être bêtement retardé. Il ôta sa veste et la tendit à son voleur de façon presque impatiente.

— *Obrigado !*

En un éclair, l'homme lança un coup de poing colossal qui fit tomber Nalliens à la renverse, se cogner la tête et perdre connaissance.

Quelques instants plus tard, un homme était accroupi à ses côtés et l'aspergeait d'un peu d'eau. Nalliens avait un goût de sang dans la bouche et ressentait une forte douleur à la pommette. Une connexion neuronale inattendue de son cerveau lui fit se remémorer une scène de bagarre qu'il avait vécue, enfant, dans la cour de récréation.

— *Você está bem ?*

— Je… je ne comprends pas. Vous parlez français ? *Do you speak English ?*

— Français, oui, je parle français, reprit l'homme. Vous avez pris un sacré coup, mais cela n'a pas l'air très grave. Vous voulez bien me laisser vous aider ? C'est la providence qui me met sur votre chemin : je suis infirmier, j'ai dans ma mallette de quoi vous faire un bandage. J'ai fait une partie de mes études en France, vous savez. À Montpellier.

Tandis que l'homme s'affairait autour de son visage, Nalliens fut vite convaincu qu'il n'avait rien de grave, même s'il saignait et que son visage ne devait pas être beau à voir. Il devait ressembler à un boxeur qui, sur le ring, aurait baissé sa garde un instant de trop.

— Papa ! Papa ! Qu'est-ce qui s'est passé ?

Brune venait d'entrer dans le parc. Nalliens ne la vit pas tout de suite, mais sa voix suffit à le faire se sentir mieux. Sans sa douleur et ses mains tachées de sang, il lui aurait volontiers sauté au cou.

— Brune, ma chérie, ça va aller. Je viens juste d'être attaqué par un voleur.

— Comment te sens-tu ? Il faut t'emmener aux urgences ?

— Non, je n'ai rien de cassé…

L'infirmier confirma qu'il n'y avait pas à s'inquiéter. Maternelle, Brune écarta les cheveux de Nalliens que le sang collait sur sa joue, puis lui caressa doucement le visage comme pour appliquer un baume sur son énorme hématome.

— Je suis vraiment désolé, dit l'homme qui l'aidait aussi à se relever. J'espère que ça ne vous donnera pas une trop mauvaise image de mon pays. Les Portugais ne sont pas des voleurs, mais ici c'est comme partout : il y a toujours des gens pour faire le mal. Si je retrouve ce type, je lui casse la figure ! *Que bastardo !*

Brune remercia l'homme puis lui fit comprendre qu'elle prenait le relais. Avec des gestes patients, elle aida son père à se remettre debout. Elle se remémorait petit à petit son désir de naguère de faire des études de médecine, et sentit soudain ce désir renaître, ou plutôt resurgir, intact, des tréfonds de son âme. Cogné de multiples douleurs, respirant sa blessure et luttant contre un léger tournis, Nalliens sentait quant à lui une bouffée de bonheur l'envahir tandis qu'il s'appuyait sur sa fille et la sentait prendre soin de lui.

La bonne pichenette au bon domino, songea Yppeles derrière ses jumelles.

— Ne sont-ils pas mignons ? dit-il aux deux hommes qui s'approchaient. J'ai toujours dit qu'il n'y a rien de tel qu'un bon coup de poing bien placé pour régler les problèmes.

Les deux opinèrent en silence.

— Vous avez tout de même frappé trop fort, dit sévèrement Yppeles à l'un d'eux. Si Nalliens avait subi un traumatisme, notre opération aurait été fortement compromise. Vous retournerez à l'entraînement pour parfaire votre technique.

— Bien, monsieur.

L'autre homme finissait de se nettoyer les mains.

— Vous avez une carrière d'infirmier devant vous, lui dit Yppeles.

Sans un mot de plus, les trois hommes se dispersèrent.

29. Dans l'avion pour Lisbonne

Au moins les négociateurs russes voyageaient-ils dans des conditions plus agréables que d'habitude, et s'évitaient le pénible détour par Amsterdam du vol régulier. Ils ne pouvaient toutefois s'empêcher de penser que quelque chose n'allait pas. L'un des membres du groupe se rassura en vérifiant subrepticement que l'avion présidentiel se dirigeait bien vers l'ouest et non vers l'est. Qu'ils débarqueraient en Europe occidentale, et non en Sibérie…

— Monsieur le Président, dit Kolmogorov en pesant chacun de ses mots, nous devons vous dire que la réunion de Lisbonne n'est pas très importante. Nous allons principalement y discuter de mécanismes pour la mise en place d'un marché international du carbone dans certains secteurs pilotes. Les Portugais en tirent l'occasion d'une fête célébrant la planète, mais cela ne devrait pas attirer beaucoup de journalistes étrangers.

— La plupart des grands pays n'envoient que des représentants subalternes qui n'ont pas même le rang de ministres, renchérit Smirnov. Y aller vous-même risque de donner une impression quelque peu décalée…

Mais Vladimir Poutine avait tranché.

— C'est précisément parce qu'il n'y aura pas grand monde qu'il faut y aller, expliqua-t-il. Cela nous laissera les coudées franches pour discuter avec des pays hésitants, qui seront plus en confiance que lorsque les Occidentaux sont présents en masse et font pression sur eux.

— Pour montrer l'importance de la Russie dans la politique climatique mondiale, risqua encore Khintchine, il y a le sommet de Sydney dans dix mois. Ce sera là un rendez-vous diplomatique majeur, tout le monde y attendra votre présence et votre parole.

— Avec la déclaration que je vais faire, je vais torpiller Sydney depuis Lisbonne et ainsi faire de la Russie le pays qui donne le tempo. Nous allons prendre un coup d'avance. Il faut annoncer ma venue au dernier moment. C'est pour cela que je n'ai pas fait préparer l'Iliouchine Il-96 habituel. Très peu de gens savent que je suis ici.

— J'ai cru comprendre que vous souhaitiez demander à intervenir à la tribune ?

— Exact. Mais vous n'en ferez qu'au dernier moment la demande aux organisateurs.

Chacun devrait apprendre par cœur le texte du discours présidentiel pour le répéter ensuite tel un perroquet pendant toute la conférence, sans dévier d'une ligne, jusqu'à lasser le plus patient des négociateurs qui voudrait infléchir la ligne de Moscou.

— Tchebychev, vous avez bien tout préparé ?

— Bien sûr monsieur le Président. Dès votre retour de Lisbonne vous vous envolerez pour le district militaire d'Extrême-Orient, où vous assisterez pendant trois jours à un stage de formation au combat organisé par le quartier général de Khabarovsk. Il sera très facile de vous rendre injoignable.

Les négociateurs russes pourraient donc prendre leur air le plus désolé pour expliquer qu'ils n'avaient pas de contact direct avec leur Président, et que malheureusement ils ne disposaient pas de l'autorité leur permettant de prendre des décisions engageant la Russie.

— Pour donner le change et ne pas éveiller les soupçons trop vite, ajouta Tchebychev, j'ai placé dans votre emploi du temps de demain deux cérémonies fictives. Une visite d'hôpital et une rencontre avec des agriculteurs.

— Ne faites pas de déçus parmi le peuple en me faisant faire une promesse que je n'honorerai pas, répondit Poutine d'un air désapprobateur. Ces visites devront être déplacées et non pas annulées.

— Bien monsieur le Président.

— La teneur de mon discours sera celle-ci : personne sur cette planète n'ayant reçu de mandat pour s'exprimer au nom des coraux ou de la banquise, cette mascarade du réchauffement climatique doit cesser. Vinogradov, qu'est-ce que vous fabriquez sur votre téléphone pendant que je parle ?

— Mes excuses, monsieur le Président, mais je viens de recevoir l'information que vous m'aviez demandée, qui fait le point sur la situation.

— Et donc ?

— Dieu lui-même semble favoriser les choix de la Russie, monsieur le Président.

— Serait-ce Dieu qui vous a envoyé un e-mail ?

Tout le monde rit de bon cœur.

— Le scientifique que j'ai consulté m'informe que trois événements sont en train de rebattre les cartes en notre faveur. Le premier vous est connu : c'est cette découverte qui vient d'être faite dans un centre de recherche près de Paris. La communauté scientifique commence à prendre l'affaire au sérieux. Sans compter que se confirment les conclusions de scientifiques qui leur sont liés, sur la faiblesse du cycle solaire 25 et…

— Très bien, et ensuite ? coupa Poutine qui avait déjà suffisamment entendu parler de toutes ces histoires.

— Un volcan mexicain vient d'entrer en éruption. Il projette une quantité gigantesque de particules dans l'atmosphère, qui sont en train de recouvrir la Terre entière. Cela va avoir pour effet un refroidissement mesurable sur toute la surface de la planète. La chose s'est déjà observée il y a quelques années lors d'autres éruptions, notamment celle du Pinatubo, aux Philippines. Nous allons perdre un ou deux dixièmes de degrés à l'échelle de la Terre, pendant un an ou deux. En soi, cela ne changera pas grand-chose à la tendance au réchauffement d'un degré observée depuis un siècle et demi, mais cela va tout de même infléchir la courbe de température vers le bas pendant au moins un an.

Un an est un petit instant pour la climatologie mais une durée géante pour l'action politique.

— Bien. Et comment se complète votre trinité ? demanda un Poutine impassible qui fit à nouveau rire l'assistance.

— Un autre événement est en cours, très différent mais qui aura des effets voisins : un nouveau *La Niña* majeur est en train de se déployer.

— Un quoi ?

— Un phénomène océanique qui se produit dans le Pacifique à intervalles irréguliers. On ne le comprend pas très bien, mais on est capable de le prévoir quelques mois à l'avance. Il peut se produire selon deux modalités opposées : *El Niño*, qui réchauffe la Terre, et *La Niña*, qui la refroidit.

Certains parmi les présents se remémorèrent le *El Niño* particulièrement fort de 2015-2016, qui avait considérablement réchauffé la planète. Si ponctuel qu'il fût, ce réchauffement avait été utilisé à l'envi par les alarmistes écologistes pour titrer une énième fois sur « le dérèglement de plus en plus préoccupant du climat ». Les négociateurs de la COP21 dont avait été issu l'Accord de Paris de décembre 2015 n'avaient pas caché leur joie devant ce réchauffement aussi naturel que providentiel. Quelques mois plus tard, le phénomène s'était dissipé, emportant avec lui les manchettes des journaux sur les « records de température » et autres « fièvre planétaire ». Il n'en avait pas moins pleinement rempli son office pour les lanceurs d'alertes environnementales.

Un gros *La Niña* offrait la garantie que la planète se refroidirait d'encore quelques dixièmes de degrés à brève échéance. Avec l'éruption du Ceboruco en même temps, cela ferait beaucoup et offrirait une fenêtre de tir exceptionnelle. On aurait beau jeu de marteler que la Terre venait de se refroidir en quelques mois aussi vite qu'elle s'était réchauffée en plus de cinquante ans. On montrerait des graphiques, estampillées des sources les plus officielles, démontrant que la température terrestre connaissait « une chute dramatique que personne n'avait anticipée ». On les assortirait de photos d'immenses étendues soudain prises dans les glaces. On jetterait avec facilité l'opprobre sur les scientifiques qui avaient fait craindre un réchauffement. Les caricaturistes s'en donneraient à cœur joie. Peu importeraient les détails scientifiques : les rieurs choisiraient vite leur camp.

L'éventualité d'un refroidissement global n'avait rien de réjouissant pour l'avenir des rendements agricoles d'un pays comme la Russie. En revanche, pour des diplomates dont l'une des principales priorités était de s'en prendre aux tentations hégémoniques de l'Occident et à ses perpétuelles leçons de morale, la nouvelle était excellente.

— C'est donc nous qui ferons cette annonce spectaculaire d'un probable refroidissement à la face du monde, conclut Poutine. À Lisbonne nous prendrons date, à Sydney tout le monde saura que nous avions raison.

Il aurait dû y avoir une ambiance de fête à l'annonce de ces nouvelles, mais il n'en fut rien. Un flottement angoissant persistait. Il y avait autre chose.

Au moment où Vladimir Poutine reprit la parole, tous comprirent instinctivement que ces craintes étaient fondées.

— Je souhaitais également profiter de ce voyage pour vous informer d'une décision qui vous concerne, dit le Président. Désormais le climat ne relèvera plus du ministère de l'Environnement mais de celui de la Défense. Ceux qui ne souhaitent pas travailler sous statut militaire seront ventilés dans les autres services du ministère de l'Environnement.

C'était donc ça.

— Monsieur le Président, aurions-nous fait quelque chose de mal ? Si nous ne vous avons pas donné entière satisfaction, peut-être…

— N'ayez crainte, Egorov, cette transformation est purement technique. Simple rationalisation du travail. Les détails vous seront communiqués ultérieurement par les services du Premier ministre.

— Pardonnez-moi d'insister mais les questions climatiques n'ont que peu à voir avec la chose militaire. Si vous souhaitez réorganiser les services, nous pouvons envisager d'intégrer le ministère de l'Agriculture, ou bien…

— Il s'agit au contraire d'un retour aux sources, dit Poutine. Si vous connaissiez un peu l'histoire militaire, vous sauriez que les sciences météorologiques et climatiques ont été principalement financées par l'armée au XIXe siècle, après les guerres napoléoniennes. L'issue de deux des batailles les plus importantes de l'empereur français s'est jouée sur la météo. Un poète – il s'appelait Joly, je crois – a écrit : *À Waterloo manqua le soleil d'Austerlitz.* Et faut-il vous rappeler que nous avons vaincu Napoléon et Hitler aussi grâce au général Hiver ?

Voilà donc la débâcle – la Bérézina, auraient dit ces Français paradoxaux qui ignoraient que cette bataille fût pour leur Napoléon une victoire bien davantage qu'une défaite. La nouvelle orientation diplomatique du pays sur la question climatique s'accompagnait de la dissolution définitive des services dédiés à la question. Le sauve-qui-peut était général. Le Président avait beau leur parler avec le sourire pour leur promettre que leurs statuts, leurs grades, leurs salaires, leurs lieux de travail et leurs attributions générales seraient inchangés, tous comprirent que le temps de leur splendeur prenait fin. Lisbonne serait un moment fort de la diplomatie climatique russe, mais ce serait son chant du cygne. La fête climatique était terminée.

Auraient-ils été consolés de savoir qu'ils ne seraient que les premières victimes d'une tornade qui, les années suivantes, emporterait les délégations ministérielles équivalentes de tous les pays ?

30. L'explication

— Qu'est-ce qui vous est arrivé ? demanda Xavier Yppeles en simulant l'inquiétude devant le visage bandé de Serge Nalliens.

— Une agression dans le parc. Rien de grave.

— Sûr ? Montrez-moi…

— Je ne crois pas que vous soyez infirmier, dit Nalliens d'une voix impatiente.

Yppeles n'insista pas. Il admira la bonne grosse bosse sur la tempe de Nalliens, en se disant que la seule chose à regretter était que jamais ce petit prof prétentieux ne saurait que c'était à lui qu'il la devait. Quel intérêt d'être méchant si votre victime n'est pas au courant ? Mais ses regrets n'allaient pas durer. Malheureusement pour lui.

— Avec votre fille, vous en êtes où ?

— À un point qui fait que vous et moi n'avons plus rien à nous dire.

Brune était partie chercher ses affaires, ils avaient convenu de se rendre ensemble à l'enterrement de Jean-Jacques.

Nalliens pouvait claquer la porte au nez de cet insupportable gorille, mais il n'y parvint pas. Et finalement il parla.

— Vous êtes une parfaite ordure, mais vous ne l'emporterez pas au paradis. Je sais ce que vous avez fait.

Nalliens avait donc deviné ? Il était logique qu'Yppeles en fût ravi.

— Vous n'êtes pas si bête pour un professeur Tournesol. Sauf que cette fois, c'est moi qui n'ai rien à vous dire. À part que je me fous de ce que vous pensez.

— Vous avez tort. Je vais faire ce qu'il faut pour vous faire perdre votre poste. Vous êtes un homme dangereux.

— Me faire perdre mon poste ? railla Yppeles. Rien que ça ! Et comment donc allez-vous faire, monsieur le grand professeur de mes deux ? Vous allez porter plainte ? Vous allez raconter aux flics portugais qu'une milice très méchante vous a suivi jusqu'ici juste pour le plaisir de vous mettre un coup de poing dans la figure ?

Nalliens demeura impassible.

— Ah mais peut-être croyez-vous réussir à entrer en contact avec mon employeur pour me débiner ? reprit Yppeles en s'emportant. Le problème c'est que vous ne savez pas comment le joindre, c'est ballot, hein ? Réveillez-vous, Nalliens. Vous n'êtes pas dans votre amphi, ce n'est pas vous qui commandez.

— Ah non ? Et qui donc commande, alors, selon vous ?

Pour la première fois, Yppeles afficha sa surprise.

— Je vous ai déjà dit que je ne connaissais pas mon commanditaire, répondit-il. Je…

Yppeles stoppa sa phrase. Il venait de comprendre.

— À la bonne heure, dit Nalliens d'une voix grave. Vous avez mis le temps.

— Non, ce n'est pas possible ! bredouilla Yppeles. Ça ne peut pas être vous !

— Et pourquoi pas ? demanda Nalliens.

— Mais… parce que le prix de ce genre de services est trop élevé pour votre salaire de prof, tenta Yppeles.

— C'est ce que vos supérieurs hiérarchiques doivent vous faire croire pour flatter votre ego et vous faire obéir, dit calmement Nalliens. Mais regardez donc vos revenus plutôt que les miens. En dehors d'une ou deux primes qu'on vous accorde peut-être de temps en temps pour vous donner l'impression d'être important, votre salaire ne doit pas beaucoup dépasser le Smic. À part rouler des mécaniques vous ne savez pas faire grand-chose.

Groggy, Yppeles prit de grandes inspirations tout en passant frénétiquement la main dans ses cheveux.

— Vous essayez de m'enfumer, c'est ça ? Vous voulez vous venger en essayant de me faire peur !

— Vous aurez dans peu de temps l'occasion de voir que non.

Yppeles n'eut pas le temps de répliquer : la porte claqua soudain devant lui, aussitôt suivie d'un bruit de verrou.

— Vous devriez me remercier ! fulmina-t-il. C'est en vous voyant blessé que votre fille est revenue vers vous ! Le coup que vous avez pris en valait la peine !

Derrière la porte, Nalliens n'éprouvait plus la peine de répondre. Il n'avait aucune raison d'argumenter avec la brute épaisse qui donnait piteusement quelques coups de poing dans la porte. Yppeles n'avait pas besoin de connaître tous les détails, en particulier le fait que Serge Nalliens n'était pas le seul mandataire de la société privée pour surveiller les zadistes.

Les bruits derrière la porte cessèrent, mais Serge s'en aperçut à peine. Seule comptait sa réconciliation avec Brune initiée lors de leur entrevue à Notre-Dame-des-Landes. Dans une heure à peine, un taxi les emmènerait ensemble à l'aéroport.

Le cauchemar prenait fin.

Par son décès, Jean-Jacques avait réussi une ultime fois à faire le bien de ses proches. Qui sait s'il n'avait pas choisi le jour de sa mort dans cette intention ?

31. Le jour d'avant

Sonneyer fit s'entrechoquer avec agacement les glaçons de son whisky tandis que Nalliens lui expliquait au téléphone qu'il ne participerait pas à la présentation de leur exposé.

— Ne faites pas l'enfant, Nalliens. Demain sera le jour de notre succès, rejoignez-moi donc au bar de mon hôtel, je vous y offre un verre.

Rien à faire. Nalliens allait rentrer sans plus attendre pour assister à l'enterrement prochain d'un parent. Les qualités scientifiques de monsieur le directeur, ajoutait-il, le rendaient parfaitement apte à exposer tout seul la teneur des travaux qui bouleverseraient bientôt l'ordre établi.

De guerre lasse, Sonneyer présenta ses condoléances avant de ranger intérieurement Nalliens dans la case de ces scientifiques introvertis qui hantent les labos et qu'il ne faut ni contrarier ni trop chercher à comprendre. Il songea agressivement que l'ordre de mission pour Lisbonne qu'il lui avait signé avait été mal libellé : dans la case « destination » il eut plutôt fallu écrire : « au diable »...

En réalité il l'aimait bien, et son intégrité scientifique souffrait à l'idée que Nalliens perde la main sur ce qui était fondamentalement son travail. Ses regrets se mêlaient toutefois à l'excitation de descendre bientôt dans l'arène seul contre tous. Cette perspective réveillait en lui l'instinct sauvage d'une bête impatiente de sentir l'odeur du sang.

La rumeur du caractère dévastateur de la découverte faite dans son institut se diffusait dans les milieux avertis. Deux collègues étrangers lui avaient écrit pour en savoir plus. L'un d'eux était *a priori* plutôt un adversaire, ce qui avait conforté Sonneyer dans l'idée que, dans le camp adverse, la débandade commençait. Il songea à Rougier, le « réchauffiste en chef » qu'il avait affronté au ministère. Il lui avait adressé un message confraternel, non sans y distiller de cette douceur dont on use volontiers en position de force. Et Rougier, le grand Rougier, n'avait pas vraiment essayé de faire face. Il avait, bien sûr, insisté sur ses désaccords, mais entre les lignes se lisait déjà la résignation.

D'un geste invisible, Sonneyer leva son verre à la santé de son adversaire.

À présent, ce n'était qu'une question d'heures avant que les journalistes spécialisés demandent à en savoir plus. Mais pour l'instant, l'ambiance était au silence qui précède les batailles. Les Russes avaient pris toutes les précautions possibles pour un effet de surprise maximal.

Pour Sonneyer, le seul intérêt de principe des « Ruskoffs » était que, depuis toujours, grâce à eux, l'Occident en général et les Américains en particulier ne se sentaient pas tout permis. Un tel rôle excusait bien des choses, mais Sonneyer ne se faisait pas d'illusions pour autant sur la bande à Poutine. Il n'avait surtout pas cherché à savoir de quelle manière les Russes lui avaient obtenu l'honneur d'une plénière. Dans une situation pareille, l'ignorance était la meilleure des défenses. Comment ils avaient manœuvré pour pousser les murs du programme du colloque, Dieu seul finirait par le savoir. S'il existait.

Le contraste était cruel avec les échanges que Sonneyer avait eus avec le ministère de la Recherche, qu'il avait appelé pour prévenir de son intervention à Lisbonne. On l'avait mis en relation avec une dénommée Béchedelle, représentante officielle de la République à la conférence, qui avait pris beaucoup de temps à lui dire qu'elle n'était au courant de rien, qu'elle était allergique à tout ce qui était « trop scientifique », que la Première ministre transmettait bien entendu tous ses encouragements à monsieur le professeur Arthur Sonneyer, que c'était un honneur pour le pays de savoir monsieur le professeur invité à faire un exposé en séance plénière, pourquoi donc cela poserait-il un problème, ah évidemment s'il s'agissait d'annoncer que les climatologues se sont tous trompés, c'était un peu inattendu, mais tout se passerait sûrement très bien, il n'y avait pas lieu d'en douter une seule seconde. Sonneyer s'était résigné à cet étalage d'incompétence assumée.

Bien qu'il n'en eût pas besoin pour se rassurer, il était allé voir les états de service des autres intervenants du colloque. Le résultat l'avait atterré. Si cette histoire de réchauffement climatique n'avait pas pris en masse, rares seraient les participants au colloque qui auraient une position académique, s'était-il dit. À quelques notables exceptions près, aucun n'avait fait d'études dans une grande université, ni n'avait fait une thèse remarquable. En regardant une conférence d'un « scientifique » (les guillemets lui semblaient de rigueur) du Stockholm Resilience Center qui expliquait sans rire que « nous pouvons définir scientifiquement le jardin d'Éden[1] », il se demanda si envoyer tout

1. www.youtube.com/watch?v=q13CmHxk1Xc

ce joli monde dans les cordes une bonne fois pour toutes compenserait sa tristesse de découvrir ce que tout un pan de la science était devenu. Il s'en voulait d'avoir ignoré si longtemps ce qui s'était passé.

Les rares collègues que Sonneyer jugea au niveau seraient probablement aussi les plus prudents dans leurs critiques. Même si l'un d'eux se risquait à une question insidieuse, l'avance acquise par Sonneyer lui permettrait facilement de prendre le dessus.

Certes, convint-il intérieurement, les « réchauffistes » n'étaient pas tous des lumières. Mais les climatosceptiques valaient-ils vraiment mieux ? Selon Sonneyer, qui commençait à penser qu'il avait bien cerné le problème, ces derniers se répartissaient en trois catégories : des scientifiques en fin de course, des politiciens d'extrême droite et des lobbyistes véreux. De quoi faire fuir n'importe quel type normalement intelligent et se réfugier dans les jupes de la science institutionnelle, de la parole officielle, des entreprises écoresponsables et de ces prescriptions du dogmatique en chef Bruno Latour[2] :

---

2. www.larecherche.fr/idees/entretien/nous-construisons-outils-evaluer-controverses-01-10-2011-72624

Face à une carte, chacun doit pouvoir se situer : par exemple constater que si je suis contre l'origine anthropique du réchauffement, je me retrouve au côté de gens qui sont contre l'avortement, pour l'utilisation du charbon, et me demander si j'ai bien envie d'être aux côtés de ces gens-là.

Il y avait bien sûr quelques scientifiques de talent dans le tas des climatosceptiques, mais il fallait une loupe pour les apercevoir. Ils sont d'une espèce rare et toujours menacée. Il faut un gros travail pour comprendre qu'un jugement authentiquement scientifique ne peut pas, ne doit pas se fonder sur la détestation naturelle qu'on éprouve pour les financiers sans morale, les réacs, les allumés et les Donald Trump. Combien il était difficile, face à cette horde repoussante, de se souvenir que la science véritable s'intéresse au message et non au messager ! Un bon argument est un bon argument même s'il est soutenu par le dernier des salopards. La théorie de la relativité n'est pas vraie parce que le grand scientifique Einstein l'a dit. C'est parce qu'Einstein a énoncé la théorie de la relativité qu'il est un grand scientifique. *Ceux qui se font prendre au piège*, se dit Sonneyer, *sont les médiocres qui font une carrière universitaire dans l'idée de se faire des copains qui pensent comme eux.*

Beau sujet de philo : que faire quand la vérité est détenue par des menteurs ? C'est dur d'être aimé par des cons, comme l'avait écrit *Charlie Hebdo*.

L'écume bureaucratique se disperserait, les indignations médiatiques s'épuiseraient, les lobbys se lasseraient, les politiques trouveraient un meilleur os à ronger, et la pensée retrouverait le droit chemin. Quand les chiens seraient lassés d'aboyer, la caravane passerait. Mais quand ? Et au prix de quelles régressions intellectuelles ? Le chevalier blanc Sonneyer se voyait le mieux placé pour passer le nécessaire coup de balai.

Il n'aurait que quinze minutes. Ce serait court, mais ça suffirait.

Ce jour serait son jour.

32. Jonction

Aux participants étrangers de la « Conférence intergouvernementale de Lisbonne sur l'atténuation des causes du changement climatique » il allait falloir inlassablement expliquer que non, le front de mer portugais n'avait pas bougé pendant la nuit. Ce que l'on voyait en regardant vers l'est n'était pas l'océan mais le large estuaire du Tage qui enveloppait la ville.

Dans quelques heures, le Parc des Nations deviendrait pour un temps le centre de la diplomatie environnementale mondiale. La veille, un son et lumière avait recouvert de blanc, de bleu et de vert les dix-sept kilomètres du pont Vasco de Gama, limite nord du secteur de la conférence. (Le ministère portugais de l'Environnement avait proposé que le pont soit symboliquement fermé à la circulation automobile pendant la conférence, avant de devoir renoncer sous la pression des riverains.) Ce matin, seule la couleur blanche recouvrait encore l'immense viaduc. Le bleu, lui, était dévolu à l'Oceanário. Limite sud de la zone de la conférence, le célèbre aquarium de Lisbonne accueillait une exposition exceptionnelle sur la hausse du niveau marin. L'entrée en serait gratuite pendant toute la durée de la conférence.

Un peu plus loin vers la ville, le parc animalier fermait le domaine triangulaire dessiné sur la carte qui inventoriait les manifestations. Trop peu d'animations y avaient été prévues au goût du directeur du parc, qui avait pesté en privé lors d'une réunion de préparation que sa principale mission ne fût que de compléter le trio de couleurs en se parant de vert.

À quelques dizaines de kilomètres plus à l'ouest, le cap de Roca, le point le plus occidental du continent européen, devait lui aussi être le centre de diverses animations autour de l'événement international de la semaine. Situé dans le très touristique parc naturel de Sintra, ces animations avaient pour vocation d'inciter les vacanciers à ne pas manquer de se rendre au Parc des Nations. L'impact de quelques images de visiteurs se pressant en masse à l'événement n'était pas à négliger.

Partout flottait le drapeau adopté par les Nations unies l'année précédente pour figurer

« l'alliance indéfectible de l'humanité et de la planète ». Encore peu connu du grand public, de nombreux panneaux en indiquaient l'origine et la signification : un fond blanc pour les glaciers, un disque bleu bordé de vert pour figurer océans et forêts, surmonté d'un brin d'ADN stylisé qui représentait la Vie universelle, transcendant les espèces et marquant l'unité de la biosphère. L'artiste qui l'avait conçu n'était autre que Mauricia Forta, l'épouse du milliardaire philanthrope Donatello Forta. Parce qu'elle avait souhaité que son œuvre « ne soit pas seulement le travail d'une femme mais avant tout le signe d'une alliance par-delà les frontières », le drapeau comportait à l'arrière-plan quelques traits réalisés par des élèves d'une école de Bamako financée par la Fondation Forta pour l'Enfance du Monde. Selon l'artiste, ces traits étaient des traits d'union entre les continents, les civilisations et les générations.

Une foule encore clairsemée se diffusait autour du Centre de congrès, rebaptisé pour l'occasion de son nom originel de Pavillon de l'Utopie. C'était moins la procession des dignitaires en costumes qu'attendaient photographes et curieux que les personnalités du *showbiz* qui avaient annoncé leur déplacement. Pour créer l'ambiance, les organisateurs distillaient habilement des rumeurs sur la « venue imminente » de Leonardo DiCaprio. En réalité, la seule star majeure attendue était Ricky Martin, qui devait donner un concert en clôture de l'événement à l'Altice Arena, non loin de là.

Autour du pavillon, de multiples stands rivalisaient de sons, de couleurs et de lumières. Toutes les ONG environnementales d'importance étaient au rendez-vous, avec tracts, performances d'artistes du monde entier et activisme sur les réseaux sociaux. C'était à qui montrerait le poster le plus inquiétant sur la fonte des glaciers, dénoncerait le plus fort le nouvel ultralibéralisme mondialisé, proposerait les mesures les plus radicales contre les multinationales empoisonneuses qui ne pensaient qu'au profit, et rappellerait les citations de personnalités les plus incontestables sur l'argent qui ne se mange pas. L'« armée pacifique des ours polaires » applaudissait une troupe de danseurs qui se déhanchaient au son des djembés. Une pétition circulait pour interdire l'usage d'une molécule mystérieuse et méconnue au nom inquiétant de DHMO – beaucoup de signataires, bien qu'aucun d'eux ne sût de quoi il s'agissait[1].

1. À voir absolument : www.youtube.com/watch?v=yi3erdgVVTw

Seules les organisations accréditées avaient le droit de s'installer. Quelques autres, qui n'avaient pas obtenu d'autorisation, tentèrent de forcer le passage, espérant attirer l'attention le temps d'une bousculade. Certaines étaient venues pour dénoncer l'hypocrisie supposée de ces réunions internationales qui retardaient les vraies décisions à prendre, prisonniers que devaient être les gouvernements (tout spécialement ceux des pays riches) des lobbys industriels et financiers.

Parmi ces contestataires que l'on vit brièvement lancer œufs et tomates en direction de l'entrée du pavillon se trouva notamment un groupe particulièrement décidé à en découdre. « Pas question de participer à cette mascarade ! » hurlait le plus agité d'entre eux. « ONG, cessez de vous coucher ! » Smartphone en main pour que les réseaux sociaux ne manquent rien de la répression qui n'allait pas manquer de s'abattre, ces quelques agitateurs français tentèrent de forcer l'entrée principale. Malheureusement pour eux, un appel anonyme avait prévenu les autorités et donné des détails très précis sur ces activistes, notamment leurs noms, leurs projets et leur localisation. Ces informations avaient été considérées comme suffisamment fiables et préoccupantes pour que soit mise en alerte une petite unité d'intervention de la garde nationale républicaine spécialisée dans ce type d'interpellation. Son professionnalisme irréprochable lui permit d'intercepter sans bavure les perturbateurs, tout en se montrant parfaitement indifférent à leurs beuglements et provocations. Les smartphones n'enregistrèrent rien de plus que quelques secondes de confusion sans intérêt. Les réseaux sociaux ne s'émurent guère des vidéos aussitôt publiées qui annonçaient pourtant « d'inacceptables violences policières » et un « muselage de la voix des militants de la planète ».

Sans gloire, les militants furent menés en garde à vue, puis en comparution immédiate où le juge prononça une interdiction de séjourner dans le district de Lisbonne pour un mois.

Sans la moindre considération pour ces péripéties, Rafael Armando fixait du regard le Pavillon de la connaissance. C'est là que s'ouvriraient les portes du colloque scientifique qu'il allait présider en même temps que se tiendrait la conférence sur le climat. Affiché comme « inclusif et transculturel », ce colloque se présentait comme un « pont » entre le grand public et les dernières découvertes les plus alarmantes sur le climat terrestre. Armando en avait conçu l'affiche lui-même, sur laquelle flamboyait le pont Vasco de Gama. La veille, il avait expliqué à la télévision qu'il s'agirait d'appuyer la conscience écologiste mondiale sur les connaissances les plus pointues qui fondent le consensus actuel sur la crise climatique causée par l'homme. Il y aurait des exposés techniques aux intitulés tels que « Projections climatiques régionales aux échelles multidécennales produites par les modèles de circulation générale selon les trajectoires d'émissions de gaz à effet de serre », mais aussi des présentations faites par des sociologues, qui avaient pour titre « Les aspects genrés des changements climatiques » ou « De #MeToo à #PlanetToo : convergence des luttes et des concepts à l'ère de l'Anthropocène ».

Rafael Armando accompagnait Eduardo Belamontes, le chef de cabinet du ministre de l'Environnement pour les affaires climatiques, qui mettait la dernière main au discours d'ouverture du ministre. Les deux hommes avaient appris à bien se connaître ces derniers mois. Leur association avait fait merveille.

— Le ministre reviendra bien entendu sur l'Expo'98 qui s'était tenue ici même, dit-il. Vous y étiez ?

— Non, monsieur le chef de cabinet. À l'époque, je faisais mes études à l'université de Coimbra.

— J'aimerais votre avis sur le discours de demain : « Déjà à la fin du siècle dernier, ici même au Parc des Nations où nous avons l'honneur de vous accueillir, Lisbonne se faisait le tremplin de nos aspirations partagées. "Les océans, un patrimoine pour le futur", lançait alors notre titre prémonitoire. Qui peut encore ignorer aujourd'hui que l'une des clés des bouleversements climatiques qui hélas nous rassemblent de nouveau se trouve précisément dans les océans, ces merveilles de la nature si abîmées et si précieuses… »

Armando écoutait d'une oreille distraite, plus préoccupé qu'il était du bon avancement des préparatifs. Un énorme écran avait été installé contre le Pavillon de l'Utopie, qui montrait en direct les images de l'éruption du Ceboruco. Des bouquets de fleurs et des dessins d'enfants étaient disposés au pied de l'écran, avec quelques slogans rédigés à la main sur la nécessité d'être attentif aux messages de la Terre-mère et de ne jamais présager de nos forces devant ses colères.

— Le ministre voudrait que soit évoqué un événement historique marquant, dit Belamontes, qui permette de souligner notre dépendance collective aux équilibres naturels. Puisque nous sommes à Lisbonne, nous avons pensé à un sujet que je crois savoir que vous connaissez bien…

Sans doute pourriez-vous nous conseiller pour raconter les choses de façon à la fois scientifique et suffisamment captivante pour un public de non-spécialistes.

La catastrophe à laquelle songeait le chef de cabinet était le tremblement de terre de 1755 qui avait dévasté Lisbonne et suscité un immense émoi dans toute l'Europe.

Évidemment, l'événement paraissait difficile à relier au climat. Le conseiller du Président aurait pu craindre de froisser Armando en suggérant ce rapprochement pour le moins hardi. Ces scientifiques sont parfois obtus : demandez-leur de raconter une belle histoire et ils se braquent au nom d'on ne sait quelle éthique professionnelle.

Heureusement, le scientifique n'avait plus à se forcer pour avaler ce genre de couleuvres. Répondre à ce type de demandes, si incongrues soient-elles, n'était plus un problème.

— J'ai un peu étudié ce tremblement de terre à l'université, répondit Armando, mais ce n'est pas ma spécialité. Pour ce que j'en sais, la page Wikipédia sur le sujet est bien faite, vous y trouverez de bonnes informations. Pour ajouter un peu d'émotion, je vous suggère le *Poème sur le désastre de Lisbonne* de Voltaire, dont l'un des vers est un bel obus contre les climatosceptiques : « Guéririez-vous nos maux en osant les nier ? »

Excellente suggestion. Cela ne ferait pas de mal de cogner sur les climatosceptiques – d'autant que, pour ce qu'en savait Belamontes, ces derniers ne seraient pas là pour répliquer. Il y avait de quoi faire un joli petit effet, en plus de flatter à bon compte l'orgueil des Français. Voyons, voyons... « En 1755, l'Europe entière pleura pour Lisbonne qui souffrit dans sa chair des coups portés par une immense catastrophe. Aujourd'hui l'histoire se répète, hélas à une tout autre échelle. Désormais c'est le monde entier qui s'afflige en découvrant, partout à la fois, l'enchaînement des malheurs, la crise climatique qui en vient à menacer la vie elle-même, cette vie universelle qui ploie sous les coups portés par notre inconscience collective. Face à ceux qui refusent ce constat d'évidence et se drapent dans leur confortable égoïsme, comment ne pas songer à Voltaire, ce philosophe poète submergé par l'émotion devant ce que fut le martyr de notre cité ! Une émotion qui lui fit écrire ces mots tragiques, cette implacable accusation à l'adresse de ceux qui aujourd'hui encore, malgré les signes les plus terribles, persistent dans leur aveuglement criminel... » À peine l'alexandrin prononcé, un torrent d'applaudissements suivrait immanquablement. Le ministre serait content.

En cette matinée ensoleillée, Belamontes comme Armando peuvent encore croire que cette conférence sera un tremplin pour leurs carrières respectives. L'un espère prendre du galon au prochain remaniement ministériel. L'autre songe à l'Académie des sciences de Lisbonne.

Oh, Armando a bien eu quelques difficultés hier à cause de ce collègue, Arthur Sonneyer, à qui il a fallu accorder la possibilité de présenter un exposé au colloque sans que l'on sache clairement d'où venait l'ordre de bousculer le programme. Simple péripétie. On a amputé de quelques minutes la durée d'autres exposés d'invités moins prestigieux, réduit discrètement deux séances de questions et hop, une place est apparue comme par magie.

À cet instant où tout semble se présenter sous les meilleurs auspices, le déni est donc encore une option. Armando pourrait pourtant se douter qu'il y a quelque chose qui cloche. Il connaît la réputation de Sonneyer. Mais non, peu importe. Il y a toujours quelques tensions dans les colloques, des points de désaccord parfois exacerbés par des personnalités fougueuses. Pas grave, pas grave. Inutile même d'en parler à Belamontes. Ne donnons pas l'impression d'être dépassé par une broutille.

Avant la jonction, il reste encore quelques minutes aux deux compères pour s'amuser des contretemps inévitables pour un événement de cette envergure. Lorsque le téléphone va sonner, cela ne leur fera rien de particulier. Il a déjà sonné tant de fois, charriant tant de menus soucis bien vite surmontés…

L'un comme l'autre connaissent par cœur les détails de leurs prochaines journées. Ils peuvent mentalement dessiner la carte de chaque intervention, de chaque manifestation, à la minute près. Ils veulent tout particulièrement réussir la première matinée, celle qui mettra la conférence sur de bons rails et fixera un bon état d'esprit. Le président de la République ne viendra pas, mais le discours du Premier ministre sera suffisant pour donner de l'éclat à l'événement.

On accorderait volontiers encore une minute à nos deux hommes, tant il doit leur être doux d'accorder aussi bien ambitions personnelles et sauvegarde de la planète. N'est-il pas indifférent à la marche du monde, après tout, que leur soit laissé encore un instant le bonheur de se croire dans le sens de l'Histoire ?

Allons. Il est temps.

C'est le téléphone de Belamontes qui sonne.

— Poutine ? Vous êtes sûr ?

33. Demande de financement d'un projet de recherche

Catégorie : Projet pluridisciplinaire de longue durée à rayonnement international.

Titre : ESCRITS-21 (Effondrement des sciences climatologiques et reversements idéologique, technologique et scientifique dans le premier tiers du XXIe siècle).

Domaine(s) scientifique(s) : histoire et philosophie des sciences et des techniques ; sociologie ; sciences politiques ; sciences économiques ; sciences de la communication.

Description générale

(En maximum trois pages, rédigées en termes non techniques, comportant une estimation de la durée

du projet, des moyens qualitatifs à mobiliser et de la production scientifique prévue. Le budget prévisionnel fait l'objet d'un document séparé.)

ESCRITS-21 se propose d'étudier ce qu'il est convenu d'appeler l'« effondrement des sciences climatologiques » du début du XXIe siècle (*cf.* description scientifique *infra*), d'une part en l'analysant sous l'angle de la notion de révolution scientifique (au sens kuhnien), d'autre part en dressant l'atlas des terrains intellectuels, idéologiques, politiques, économiques et sociétaux qui en ont été les théâtres.

Le projet sera réalisé à partir de la constitution d'une équipe internationale de chercheurs, réunis à plein temps pour une durée de dix ans et regroupés en une unité temporaire interdisciplinaire de recherche composée d'une dizaine de membres permanents, plus 5 à 10 membres invités de façon ponctuelle et autant de doctorants et/ou post-doctorants.

Les travaux seront partagés en deux phases :

1) Rassemblement et classement de la documentation primaire (articles scientifiques, expertises, discours et décisions politiques, textes de loi, commentaires, débats, publications vulgarisées, productions journalistiques, éléments de communication, manuels scolaires...), pour constituer

ce qui sera le premier panorama synthétique de l'effondrement des sciences climatologiques, un panorama attendu de longue date par les chercheurs de disciplines variées (historiens, sociologues, économistes et philosophes, notamment). Durée : quatre ans.

2) Étude globale, à partir de ce matériau, du rayonnement et de l'impact du carbocentrisme (*cf.* définition *infra*) tel qu'il s'est déployé entre 1988 et 2035 dans ses différents aspects et implications. Durée : six ans.

Le projet inclut l'organisation annuelle d'un colloque destiné à faire le point sur l'avancement des travaux de l'équipe et de ceux d'autres chercheurs et laboratoires travaillant sur des problématiques voisines. Outre leurs contributions aux actes de ces colloques, les membres du projet soumettront à intervalles réguliers des articles dans des revues scientifiques à rayonnement international. Enfin, un *Atlas du carbocentrisme* sera publié chez un éditeur scientifique. Synthèse des travaux de l'équipe, il aura vocation à constituer le document de référence pour les prochaines décennies sur ce sujet fondamental de l'histoire des sciences. Publié simultanément en plusieurs langues dont au moins le français et l'anglais, il comportera cinq volumes.

– Volume 1 : *La Science carbocentriste – Grandeur et misère de l'expertise climatique (1988-2035)*

– Volume 2 : *Philosophie et Idéologie de l'écologisme climatique*

– Volume 3 : *L'Économie à l'heure du climat – Marchés du carbone et Transitions énergétiques dans le premier tiers du* XXI*e* *siècle*

– Volume 4 : *La « Climapocalypse » – Perceptions politiques et sociales de la peur climatique globale avant 2035*

– Volume 5 : *Dictionnaire des acteurs du carbocentrisme et de leurs opposants*

Description scientifique du projet

(En maximum vingt pages, situant notamment le projet dans l'état actuel du domaine concerné.)

1. Le carbocentrisme : entre gloire et effondrement (1988-2035)

On appelle « effondrement des sciences climatologiques » la période de l'histoire des sciences, conventionnellement bornée par les années 1988 et 2035, qui a vu l'union inédite d'un nombre exceptionnel de forces sociales très diverses, voire antagonistes, rassemblées sous la bannière d'une théorie globalisante qui prétendait parler « du » climat terrestre et affirmait que son évolution aux échelles décennales était, depuis la seconde moitié du XXe siècle, principalement commandée par les émissions de gaz carbonique découlant d'activités industrielles très dépendantes de divers procédés de combustion de matières premières (charbon, pétrole, gaz naturel). À la fin des années vingt du XXIe siècle, en conclusion d'un long et difficile processus de maturation, ce *carbocentrisme*, selon la rétronymie des historiens, a été détrôné par le *cosmocentrisme* de Svensmark-Shaviv-Courtillot, qui constitue le fondement théorique actuel sur lequel se construit aujourd'hui l'étude scientifique des climats.

Le carbocentrisme ne persiste aujourd'hui dans la culture commune que comme un banal exemple de théorie scientifique invalidée après une période de gloire. L'on méconnaît souvent, même dans les cercles spécialisés, à quel point son emprise a été hégémonique au début du XXIe siècle sur tout un pan de la vie intellectuelle et sociale. À l'époque, les élites scientifiques et politiques les plus respectables, influentes et écoutées s'adonnent avec passion à décrire « l'urgence de l'action » et à en appeler à des efforts démesurés et coûteux pour mener une bataille digne de l'Armageddon. En

2015, le « changement climatique » est un marché qui pèse 1 500 milliards de dollars[1]. Une grande conférence organisée à Paris la même année (la « COP21 ») rassemble 40 000 négociateurs pendant plus de dix jours, pour un coût de près de 200 millions d'euros de l'époque. Cent cinquante chefs d'États y participent, prouvant combien l'affaire dépasse alors de loin une simple théorie scientifique. Bien qu'il ne faille pas exagérer l'engagement réel des États et que, de bout en bout, la plupart des engagements pris resteront lettre morte, certaines décisions stratégiques dans le domaine de l'énergie mèneront un temps certains pays occidentaux au bord du *black-out*.

Le point de départ du carbocentrisme comme phénomène majeur à l'échelle mondiale (même s'il va de soi que cette date doit être comprise comme un choix évocateur et non une réalité stricte) est la déposition de James Hansen du 23 juin 1988 devant une commission du Congrès des États-Unis, dans lequel il alerte sur un dérèglement supposé du climat causé par l'industrie humaine et ses émissions de gaz alors dits « à effet de serre ». Ce scénario hollywoodien pré-

1. D. Jergler, « Is Climate Change Now Its Own Industry ? », *Insurance Journal*, 30 juillet 2015.

senté par un scientifique à des élus du Congrès consacre le succès politique et médiatique du carbocentrisme, qui ne cesse de se confirmer par la suite, notamment sous l'effet des rapports d'expertise de plus en plus alarmistes rédigés par le GIEC (Groupe d'experts intergouvernemental sur l'évolution du climat), une création des Nations unies. Ni les difficultés théoriques gigantesques qui se présentent dès l'origine, ni les échecs répétés des prédictions climatiques carbocentristes aux échelles décennales, ni même les contestations les plus argumentées sur le coût pharaonique de la mise en place d'une inutile « société bas carbone » n'empêchent le carbocentrisme de prospérer les années suivantes, tandis que les mouvements de résistance organisés et cohérents ont le plus grand mal à se mettre en place et à se faire entendre, y compris des structures qui y auraient eu le plus naturellement intérêt. D'une résilience hors du commun, le carbocentrisme traverse les embûches presque sans encombre au fil des décennies. Ainsi, la divulgation en 2009 de courriers électroniques de chercheurs liés à un organisme phare du GIEC qui montraient l'arrière-cour peu reluisante du prétendu « consensus scientifique » (le *climategate*) n'a qu'un effet ponctuel sur l'opinion. Le caractère délirant d'une annonce sur la fonte des glaciers de l'Himalaya[2] (prédite comme totale en 2035 !), défendue bec et ongles au plus haut niveau, n'a pas plus d'effet. Même la démission forcée du président du GIEC en 2015 suite à des accusations de harcèlement sexuel[3] ne provoque aucun mouvement significatif dans l'opinion, à une époque où, pourtant, bien des affaires du même genre défraient la chronique et détruisent, à tort ou à raison, quantité de carrières et de réputations.

C'est donc principalement de façon souterraine que les fondements de l'alarmisme scientifique apparu à la fin du XXe siècle sont sapés au début du XXIe. Chez les personnes bien informées, l'étoile du carbocentrisme a déjà fortement pâli lorsque survient la confirmation définitive de la validité de la théorie de Svensmark-Shaviv-Courtillot par Sonneyer et Nalliens. Malgré les discours triomphalistes, les désastres économiques que sont les politiques dites « de transition énergétique » (tentatives pilotées et financées par les États de transformation des outils de production électrique et énergétique visant à diminuer les émissions de « gaz à effet de serre ») sont patents dès avant

2. www.theguardian.com/environment/2010/jan/20/himalayan-glaciers-melt-claims-false-ipcc

3. www.lemonde.fr/planete/article/2015/02/24/le-president-du-giec-en-pleine-tempete_4582117_3244.html

2025 et ont déjà fortement refroidi les prétentions politiques et économiques de régulation de la température de la planète.

Le carbocentrisme perd définitivement de sa superbe sous l'effet combiné des conséquences théoriques de l'expérience de Sonneyer-Nalliens et du retrait, avant tout inspiré par des raisons de politique internationale liées à la Seconde Guerre froide, de plusieurs pays de l'Accord de Paris de 2015. Alors que jusque-là les opposants diplomatiques à l'action pour le climat se terraient dans les couloirs des rassemblements internationaux, la conférence intergouvernementale de Lisbonne marque le début de l'opposition ouverte du Néobloc de l'Est, menée par la Russie poutinienne. L'Amérique de Donald Trump s'était déjà retirée quelques années plus tôt (avant d'y revenir pour un temps sous la présidence de Joe Biden) tandis que la Chine, alors emmenée par le retors Xi Jinping, s'était montrée habile à distribuer de bonnes paroles pour rassurer les uns et les autres sur ses bonnes intentions environnementales tout en poursuivant sa ligne de développement à marche forcée de son industrie.

Le coup d'éclat des membres du Néobloc de l'Est à Lisbonne agit comme un révélateur des faiblesses incurables de la diplomatie climatique, notamment parce qu'il rompt définitivement la cohérence de l'engagement de la partie alors la plus en pointe en faveur du carbocentrisme : l'Union européenne.

Il faut quelques mois seulement pour que l'ensemble de l'édifice climatique s'effondre mais, chacun tâchant aussitôt de se démarquer de ses positions passées (notamment les grands médias et les ONG), l'écroulement est pratiquement inaudible et passe pour ainsi dire inaperçu. Jailin Valapara le résume ainsi :

> [P]ar nature le carbocentrisme ne pouvait se structurer et prospérer que par un *blitzkrieg* permanent. Les effets de cette stratégie se sont montrés parfaitement prévisibles : à une foudroyante efficacité initiale qui a plongé ses adversaires dans la stupeur, les rendant inaptes à toute réaction cohérente et laissant penser à une victoire totale et irréversible, ont suivi d'inévitables revers, en théorie mineurs et gérables mais dont les effets ont été aussitôt dévastateurs, conduisant à une disparition aussi rapide et imprévue que, dans un autre registre, la chute du bloc soviétique à la fin du XXe siècle.

2. Bref état de l'art sur l'étude scientifique du phénomène carbocentriste

Le terme d'« effondrement » (*collapse*) pour qualifier le bouleversement des sciences climatologiques au début du XXIe siècle est employé pour la première fois par Jim Daitrut dans son article fondateur sur l'« essor scientifique des pseudosciences » (*The scientific rise of pseudosciences*). Il ne s'agit au départ que d'une simple tournure de langage au détour de réflexions plus générales. Daitrut présente le carbocentrisme comme archétype de la théorie scientifique dont l'explication du succès ne réside pas dans son efficacité prédictive (très mauvaise) ou son intérêt descriptif, mais dans son adossement à une pseudoscience qui prétendait faire de tous les événements météorologiques un tant soit peu remarquables autant de « signes » de la dépravation humaine. Les travaux de l'école de Boston (Benjamin Einto, Charlotte Leleritt, *et al.*) ont considérablement prolongé cette idée de « science alimentée au carburant de la parascience » et de « point aveugle dans le récit du progrès scientifique », notamment en envisageant le carbocentrisme comme une forme de religiosité postmoderne.

Deux écoles se sont affrontées pour expliquer la rapidité de l'effondrement. La première, dite « des causes internes », estime que la science s'est corrigée elle-même de ses errements et qu'il n'y a rien de particulier à en tirer, hormis un emballement sociétal étranger à la science elle-même.

L'argument principal de cette école est l'impact considérable et quasi immédiat de l'expérience de Sonneyer-Nalliens. L'évolution « opportune » des indicateurs de température dans les années 2020 (chute ponctuelle consécutive notamment à un événement volcanique, suivie d'une stagnation persistante les années suivantes) n'est considérée que comme une cause tout au plus secondaire du retournement de l'opinion.

L'école des causes internes s'est par la suite partagée en deux branches qui, selon le mot de John Lawrenson, « se disputent le titre de meilleur avocat du carbocentrisme *post mortem* ». La première regarde l'expérience de Sonneyer-Nalliens comme une révolution scientifique par définition imprévisible et sans lien réel avec les contestations antérieures du carbocentrisme (alors qualifiées de « climatosceptiques »). La seconde insiste au contraire sur la continuité des efforts de la communauté scientifique internationale pour comprendre le « système Terre », inscrit l'expérience de Sonneyer-Nalliens dans ces efforts, et parle donc de simple évolution.

La rapidité avec laquelle quantité d'acteurs scientifiques ont accepté le changement de paradigme plaide pour cette explication, qui fait des climatologues de l'époque des chercheurs ouverts et intègres. Bien sûr, ce courant estime que le terme d'« effondrement » est impropre. À cet égard il peut se prévaloir du soutien de Daitrut lui-même, l'inventeur du mot ayant signalé que lui attribuer la paternité de l'idée revient à commettre l'une de ces erreurs dont l'histoire n'est pas avare.

L'école des « causes externes » estime quant à elle que, durant toute la période de gloire du carbocentrisme, on ne peut mettre en évidence aucun moment où la science a été davantage qu'un instrument utilisé par les uns et les autres, au gré des opportunités économiques et politiques du moment (un cas d'école étant la crainte déraisonnable d'une hausse catastrophique du niveau marin, exploitée à l'envi et jusqu'à l'absurde par les dirigeants de certains états insulaires, sans jamais que les spécialistes du domaine ne daignent mettre un frein à ces exagérations délirantes). La véritable cause du retournement serait donc, logiquement, à chercher du côté des réalités budgétaires. Nombre d'économistes estiment que la chute du « récit climatique » était irrémédiablement programmée dès la fin des années 2010, et que pour s'en convaincre il suffit de parcourir les bilans comptables des grandes entreprises fournisseurs d'énergie. Ceux-ci montrent de façon nette que les orientations stratégiques « écologistes » de plusieurs d'entre elles devenaient intenables, les conduisant parfois dangereusement près de situations de quasi-faillite.

Un autre argument fort de l'école des causes externes est la chute drastique des crédits de recherche alloués aux organismes institutionnels du domaine immédiatement après le « choc » de l'expérience de Sonneyer-Nalliens. La conséquence directe de cette perte de financement est un ralentissement immédiat et considérable du nombre des publications en sciences climatologiques (division d'un facteur deux du nombre d'articles dans les revues à rayonnement international entre les périodes 2015-2035 et 2035-2055). Ce phénomène est en général interprété comme la marque d'un désintérêt foudroyant venu frapper les sciences climatiques de cette époque, ces dernières se trouvant privées par Sonneyer-Nalliens de leur source d'alimentation en spectaculaire. C'est d'ailleurs à cette époque que commencent à fleurir les qualificatifs péjoratifs (« climatomancie », « climastrologie »…). Une rétraction d'une telle ampleur reste unique dans les annales de la science, même si l'on peut arguer, comme le font de nombreux spécialistes, qu'elle n'a été que quantitative. La qualité des articles, elle, a unanimement été considérée comme bien meilleure après que le domaine se fut libéré de sa gangue carbocentriste.

Quoi qu'il en soit de la pertinence méthodologique du terme d'effondrement pour cette période (nous l'utilisons ici faute de mieux, sans présager de son devenir dans les publications qui seront issues du projet), les effets de l'abandon du carbocentrisme ont été nombreux et profonds, l'illustration la plus évidente étant la transformation langagière qui en a découlé. Évoquer « la climatologie » aujourd'hui, c'est faire revivre un singulier tout à fait suranné, surprenant pour nos climatologues actuels, qui ne cessent de s'étonner que leurs devanciers du début du XXIe siècle aient pu envisager sérieusement de parler « du » climat de la Terre, alors même qu'il n'y a aucun sens scientifique à agréger de la sorte une réalité si évidemment plurielle.

Étrange bégaiement inversé de l'Histoire des sciences : alors que des mathématiciens au XXe siècle avaient pensé faire œuvre de modernité en parlant de « la mathématique » pour en souligner l'unité, c'est à l'inverse en évoquant *les climatologies* en lieu et place de « la climatologie » que le domaine a réalisé sa mue conceptuelle et est entré dans sa phase de pleine modernité.

3. L'urgente nécessité d'une grande synthèse scientifique

L'histoire des sciences offre de nombreux cas d'emballements médiatiques ou politiques autour d'une théorie scientifique pourtant incertaine, si bien que nous ne manquons pas d'outils conceptuels pour analyser le déploiement du carbocentrisme. Ainsi, sa façon de mélanger le scientifique et l'idéologique peut utilement être rapprochée de l'affaire Lyssenko, du nom de cet agronome qui, grâce à sa proximité du pouvoir stalinien, parvint à transformer pour un temps tout un pan de la politique agricole soviétique au milieu du XXe siècle selon les préceptes de l'improbable et désastreuse biologie dite « mitchourinienne ». Les liens entre carbocentrisme et idéologie ont également quelques points communs avec la diffusion au début du XXe siècle des idées eugénistes. La manière dont la pseudoscience sait parfois imposer ses vues aux institutions en place malgré les garde-fous académiques peut être envisagée à partir du cas de l'homéopathie, qui put prospérer pendant très longtemps dans un pays comme la France grâce à d'étonnantes dispositions légales qui la dispensaient de démontrer scientifiquement l'efficacité de ses prescriptions. La dimension religieuse du carbocentrisme peut, quant à elle, se rapprocher des considérations théologiques qui tâchaient d'accorder la Bible et la science. (On pense bien sûr au défi posé à la foi par la théorie darwinienne de l'évolution.) Enfin, les dangers de l'attraction exercée par les médias sur des scientifiques et la difficulté de résister aux sirènes du sensationnalisme ne manquent pas d'exemples probants. S'il ne faut n'en retenir qu'un seul, mentionnons celui de l'« équation de Drake », qui prétendait constituer une méthode de détermination du nombre de civilisations extraterrestres.

L'on doit à Michael Crichton d'avoir soulevé cet exemple moins anodin qu'il n'y paraît, et d'avoir montré combien pernicieux ont été les discussions oiseuses de certains scientifiques autour de cette « équation[4] ». Alors qu'un minimum d'esprit critique suffit pour constater que les « débats » à son sujet avaient davantage leur place dans des romans de science-fiction, l'étrange fascination qu'elle exerça sur certains scientifiques médiatiques contribua à diffuser insidieusement l'idée que la valeur d'une idée se mesurait à l'importance qui lui était accordée dans les médias.

4. « Aliens Cause Global Warming », 2003 (www.statlit.org/pdf/2003-Crichton-Aliens-Cause-Global-Warming.pdf).

Ironie de l'histoire : Crichton n'était lui-même pas scientifique de profession mais auteur de romans d'anticipations (*techno-thrillers*), parmi lesquels *État d'urgence*[5], cas unique de fiction climatosceptique. La qualité de ses réflexions davantage que ses connaissances scientifiques proprement dites (il était médecin de formation) lui permirent de contribuer un temps à faire de la Maison-Blanche un bastion de résistance au carbocentrisme mondial. C'est l'un des enjeux du projet ESCRITS-21 que d'attribuer à Crichton la place qui lui revient dans l'histoire des sciences, celle d'un homme qui, sans avoir produit lui-même d'avancée scientifique, a mis sa vivacité intellectuelle au service de la science, et défendu les idées réalistes sur le climat tel un Voltaire soutenant en France les idées de Newton face aux cartésiens.

Chacun des rapprochements précédents, utile et nécessaire à la compréhension du phénomène carbocentriste, ne permet toutefois d'appréhender celui-ci que dans une partie limitée. Si ses diverses composantes peuvent être rapprochées d'autres épisodes historiques, sa durée, son rayonnement intellectuel, politique et diplomatique, son impact économique et financier ainsi que son exception-

5. M. Crichton, *State of Fear*, HarperCollins, 2004.

nelle résonance sociétale le font échapper à toute comparaison globale, ce qui en fait un épisode historique *sui generis*, irréductible à la somme de ses parties.

Malgré l'immense et évidente importance de cet épisode historique, l'idée d'en réaliser une synthèse n'est pas très ancienne. Des raisons toutes humaines ont, un temps, pu expliquer ce hiatus : à la chute du carbocentrisme, ses promoteurs académiques et institutionnels (climatologues mais aussi sociologues des sciences, historiens ou philosophes) se sont logiquement montrés peu enclins à analyser leurs propres errements. Frappées d'amnésie volontaire par leur sentiment de culpabilité, les communautés intellectuelles et politiques sont efficacement parvenues à mettre sous le boisseau cette période peu glorieuse de leur histoire.

Plus étonnant est que même lorsque le temps eût pu sembler suffisant pour que des débats pacifiés et libres de « conflits d'intérêts » puissent se tenir, peu nombreux ont été les historiens décidés à se lancer à bras-le-corps dans l'analyse de cet épisode pourtant extraordinairement riche. À cela Roger Harding a proposé trois pistes d'explication :

– le peu de prestige qu'il y a à s'intéresser à une théorie erronée dont l'image est désormais volontiers associée à la pseudoscience ;

– l'habileté politique des décideurs de l'époque face à l'effondrement du carbocentrisme, qui ont opéré une transition douce du débat public vers d'autres sujets ; cette réorientation, destinée à éviter toute chasse aux sorcières qui aurait été désastreuse pour le potentiel scientifique des États, a eu l'effet d'une « potion d'oubli » dont les effets se sont fait sentir sur plus d'une génération ;

– l'extrême profusion de la documentation, qui rend difficile un regard complet sur la question car nécessite des compétences dans des domaines aussi éloignés que les géosciences, les statistiques, l'économie, la finance, la production d'énergie, la politique internationale ou encore les idéologies environnementalistes. Toujours selon Harding, « la montagne à gravir est si raide que le meilleur alpiniste ne dispose que d'un avantage marginal súr un amateur : aucun des deux n'est en mesure de monter très haut ».

Au vu de l'immense importance historique du carbocentrisme, les deux premiers arguments sont aisés à surmonter : quelle que soit sa valeur scientifique ou intellectuelle et celle des constructions idéologiques qui s'y rattachent, et indépendamment de la manière dont l'humanité l'a relégué aux oubliettes de l'Histoire, le fait est que le carbocentrisme a bel et bien donné le *la* aux communautés scientifique, internationale et financière pendant près de cinq décennies, faisant de lui un phénomène historique majeur dont la compréhension revêt un caractère crucial. Qu'il nous suffise, pour le justifier, de citer ces mots de la préface de Louis Althusser à une célèbre étude de Dominique Lecourt sur l'affaire Lyssenko[6] :

> Le silence sur l'erreur, c'est la plupart du temps la persistance de l'erreur à l'abri du silence – à sa « rectification » près. Mais, justement, qu'a-t-on bien pu rectifier d'une erreur dont on se refuse de rechercher la connaissance, puisqu'on se tait sur son histoire et son analyse ? Car, enfin, comment prétendre sérieusement « rectifier » une erreur *qu'on ne connaît pas* ? On se condamne à n'en « rectifier » arbitrairement que ce qui paraîtra le plus visible, ou le plus gênant, des éléments de détail ou de surface ; bref, on fera « la part des choses », juste ce qu'il faut pour ne pas troubler l'ordre régnant, qui n'a rien tant besoin que de silence. Quand on se tait sur une erreur, c'est qu'elle dure.

---

6. Louis Althusser, « Histoire terminée, histoire interminable », *in* Dominique Lecourt, *Lyssenko. Histoire réelle d'une « science prolétarienne »*, Maspero, 1976, p. 12.

Le troisième élément, quant à lui, est d'ordre purement méthodologique, et demande un traitement organisationnel adapté, car il est clair que seul le lancement d'un ambitieux travail d'équipe pluridisciplinaire pourra dépasser le stade des études ponctuelles. C'est là la raison d'être du présent projet, qui s'appuiera sur quelques travaux pionniers pour développer ses propres analyses, tels que le concept de « *weltanschauung* écologiste » d'Ulrich Nieder ou celui de « postmodernité climatique » de Rachel Dubist.

L'une des approches les plus originales et prometteuses, qui a permis d'avancer considérablement dans une description globale du carbocentrisme (et qui offre l'éclairage le plus pertinent à ce jour pour expliquer que, malgré son ampleur, l'influence de celui-ci n'a jamais beaucoup dépassé les frontières des pays de tradition chrétienne), est celle dite « du décalque biblique » (*Bible tracing*) de Phil Softer. Elle consiste à mettre en parallèle les éléments structurants du carbocentrisme et ceux de certains passages des Écritures : « le » climat « déréglé » par l'*hubris* humaine est ainsi interprété comme une version modernisée du mythe du jardin d'Éden et du péché originel (la « connaissance » apportée par le fruit défendu devenant celle acquise à la Révolution industrielle), la hausse « dramatique » du niveau marin réactualise le mythe du Déluge (avec Noé dans le rôle de sauveur de la biodiversité), les études scientifiques prévoyant la destruction des récoltes sous l'effet de la prolifération d'insectes donnent une nouvelle jeunesse aux plaies d'Égypte, sans oublier les thèmes d'inspiration néotestamentaire tels que la valorisation de la sobriété, l'espoir d'une rédemption par la contrition, etc.

4. Trajectoires individuelles

« Elle est si bien écrite que j'aurais bien aimé vivre ma biographie ! » tonnait Sonneyer au sujet de l'ouvrage de Vesonio publié à l'occasion de ses 80 ans. Au-delà de la simple boutade, il semble en effet que toute la lumière n'a pas été faite sur certains acteurs de la chute du carbocentrisme. Des travaux considérables ont été publiés pour ceux de certains pays, notamment les États-Unis, le Royaume-Uni, l'Australie et, dans une moindre mesure, l'Italie et la Norvège – qui sont autant de pays où le climatoscepticisme a été, d'une manière générale, moins regardé comme un péché qu'ailleurs. En revanche, tout ou presque reste à faire pour les autres pays et institutions, alors même que la reconstitution de certains événements serait du plus haut intérêt historique.

Pour nous en tenir ici aux cas des acteurs principaux de l'expérience de Sonneyer-Nalliens (mais bien d'autres exemples illustreraient tout aussi bien le problème), encore aujourd'hui l'on ignore à quel moment le Gouvernement français a été informé de ses résultats. Les réactions initiales du carbocentrisme scientifique institutionnel sont difficiles à reconstituer car les témoignages divergent (ceux des carbocentristes insistent sur l'ouverture d'esprit dont ils auraient fait preuve, tandis que leurs adversaires évoquent des confrontations difficiles) et le dépouillement systématique des archives électroniques reste à faire.

Le cas de Sonneyer est certes bien connu, ne serait-ce que parce qu'il sut faire de l'expérience qui porte son nom l'occasion d'un nouveau souffle dans sa carrière. Sa défense ardente des conséquences scientifiques de cette expérience a rejeté quelque peu dans l'ombre le rôle de Nalliens, qui pourtant fut à l'origine du projet et en pilota la mise en œuvre.

Le peu d'empressement de Nalliens à défendre son propre travail, semblant céder sans grand regret à un Sonneyer qu'il n'appréciait pourtant guère, tout le prestige attaché à la découverte, n'a jamais reçu d'explication convaincante. De même, bien des zones d'ombre subsistent sur le parcours des deux assistants de Nalliens, qui ne furent jamais clairement considérés comme parties prenantes de la découverte. S'agissant de Baptiste Quemeneau, « il a vite oublié la science, et la science l'a vite oublié », a lapidairement commenté Sonneyer qui a peu goûté que, lassé de ses contrats précaires, l'assistant claque la porte de son institut avant d'abandonner tout espoir de carrière académique. De son côté, à peine l'expérience de Sonneyer-Nalliens menée, Kane Fulton-Hirokawa est parti sans retour pour une carrière au Japon sur des sujets scientifiques tout à fait différents. Il n'est même pas cité dans l'article fondateur de *Nature* sur l'expérience à laquelle il a contribué, et il déclina systématiquement toutes les demandes d'interview sur cette partie de ses travaux. Il maintint cette position même longtemps après que la chute du carbocentrisme fut patente et qu'il eut légitimement pu tirer des résultats de Sonneyer-Nalliens une partie du prestige qui leur était attachée.

La partie du projet visant à reconstituer les parcours individuels des acteurs (et fera l'objet du volume 5 de l'*Atlas du carbocentrisme*) n'aura pas qu'une fonction mémorielle. Elle favorisera également un regard lucide sur ces chercheurs qui, tout en ayant permis aux climatologies d'entrer dans la modernité, n'étaient pas moins que d'autres imprégnés de présupposés de toutes sortes, dont il nous reste encore à comprendre l'influence sur leur positionnement scientifique.

Les notes de bas de page renvoient à des références qui, malheureusement pour certaines d'entre elles, sont toutes authentiques.

La frontière entre les événements qui pour l'auteur relèvent du passé (réel ou romancé) et ceux qui se projettent dans le futur est le milieu de l'année 2021.

Les lieux indiqués de la ZAD de Notre-Dame-des-Landes sont authentiques, ainsi que la plupart de ce qui en est rapporté. Les pseudonymes des habitants ont été modifiés. Le cirque des escargots existe bel et bien, ainsi que l'atelier de la post-Apocalypse (sous un autre nom).

Table

1. Au tribunal de la Nature 11
2. La géométrie en action 19
3. Danse de courbes 25
4. Les Oiseaux Bleus 32
5. Veillée d'armes tamisée 43
6. Dans la cabane 54
7. La voie hiérarchique 66
8. L'atelier de la post-Apocalypse 74
9. Pour une loi Gayssot du climat 82
10. Intrusion 104
11. L'assemblée 109
12. Le diable s'en vient saluer 129
13. Avant l'éruption 137
14. La grande confrontation 146
15. Un soutien encombrant 158
16. Après la bataille 164
17. L'éruption 182
18. Le déclic 187

19. L'adieu 191
20. Les bonnes fées 198
21. Réunion au sommet 209
22. Notre-Dame-des-Landes 221
23. Le désaccord de trop 240
24. Visite de la ZAD 243
25. Nouvelle vie 257
26. La Grée 263
27. Départs pour Lisbonne 276
28. Le coup de poing 282
29. Dans l'avion pour Lisbonne 288
30. L'explication 298
31. Le jour d'avant 303
32. Jonction 310
33. Demande de financement d'un projet de recherche 323